Goldmann Rote Krimi

Von Martin W. Russell
ist außerdem im Wilhelm Goldmann Verlag erschienen:

Die Mandantin. 4535

MARTIN W. RUSSELL

Doppeltes Spiel

DOUBLE DEAL

Kriminalroman

Wilhelm Goldmann Verlag

Die Hauptpersonen des Romans sind:

Peter Connors	Reisejournalist
Ralph Hunt	Nachrichtenredakteur
Eleanor Hunt	seine Frau
Sarah Kingswell	Buchhändlerin, Connors Freundin
Ursula Chalmers	Journalistin
Bill Mackay	Reporter
Chefinspektor Ward	Kriminalbeamter

Der Roman spielt in London und Umgebung.

Made in Germany · I · 1110
 Umschlagentwurf: Creativ Shop, A. + A. Bachmann, München. Umschlagfoto: Photo Media. Satz: IBV Lichtsatz KG, Berlin. Druck: Presse-Druck Augsburg. KRIMI 4685 · AP/pap
ISBN 3-442-04685-8

1

»Wenn du nur nicht gehen müßtest.«

Ihr Haar fühlte sich ein wenig grob an.

»Du weißt, wo ich bin«, sagte er.

»Das scheint es nur noch schlimmer zu machen.«

»In welcher Beziehung?«

»Zu wissen, daß ihr in einem Gebäude seid, Ralph und du, und trotzdem –«

»Du kannst dich jederzeit melden.«

Sie drehte ihren Körper so, daß sie auf dem Beifahrersitz kauerte, und sah ihm ins Gesicht. Sie legte den Kopf auf die Seite.

»Das genügt nicht.«

Er tastete nach einer Zigarette, zündete sie an und drehte den Kopf, um den Rauch gegen die Windschutzscheibe zu blasen. Scheinwerfer näherten sich. Er wartete, bis sie vorbeigefegt waren, dann wandte er sich ihr wieder zu.

»Was willst du eigentlich sagen, Ellie?«

»Nichts, Liebes.«

»Du schlägst doch nicht vor, daß wir uns offen zeigen?«

»Wir waren uns einig, daß das ausscheidet.«

»Aber vielleicht hast du dich nie ganz damit abgefunden.«

Sie bewegte sich unruhig.

»Nie – das ist ein starkes Wort. Wir kennen uns erst vier Monate. Laß mir Zeit!«

»Mein Gefühl sagt mir, daß wir uns beide ganz sicher sein sollten, bevor wir –«

»Ja. Das haben wir alles schon durchgesprochen.«

Sie schwiegen. Ein Lastwagen ratterte vorbei. Der Zigarettenrauch hing in Schwaden im Wageninneren. Ein Windstoß schüttelte die Karosserie.

»Was *du* sagst«, fuhr sie fort, »ist eine Wiederholung dessen, was du mehr oder weniger die ganze Zeit hast erkennen lassen ... Ich bin gut im Bett, und du hast mich ganz gern, aber mehr ist nicht dahinter.«

»Ellie. Du wirst mir und dir nicht gerecht.«

»Liebes, ich werfe dir nichts vor. Ich kann sehen, wie es ist. Du mußt an deine Karriere denken; du kannst dich nicht binden; wenn du es tätest, dann müßte es jemand sein, den du hundertprozentig akzeptierst; ich verstehe. Was mich angeht –«

»Eines weiß ich«, sagte er. »Wenn wir uns jetzt nicht mehr wiedersehen würden, in mir bräche etwas entzwei.« Seine Stimme schwankte ein wenig. Sie beugte sich vor und preßte ihr Gesicht an seine Jacke. »Du siehst, ich rede nicht oberflächlich von einem Bettabenteuer. Oder von meiner Laufbahn als solcher. Gewiß, sie ist mir wichtig. Ich möchte von der Tretmühle abspringen.« Er schob zwei Finger unter ihr Kinn und hob ihren Kopf, so daß er ihr in die Augen sehen konnte. »Aber ich kann nicht damit rechnen, mit der Schriftstellerei viel zu verdienen – auf Jahre hinaus nicht. Was wäre dann mit dir?«

»Wenigstens würde ich dazu beitragen –«

»Du würdest in dem Gleis festsitzen, in dem du jetzt bist. Gezwungen, dich in deinem Reisebüro abzurackern, nur um den nackten Lebensunterhalt zu verdienen. Das gäbe nur Ärger.«

»Ich wäre deine Frau, nicht die von Ralph. Das ist der Unterschied.«

»Kein Unterschied. Nach drei abgelehnten Romanen trinke ich vielleicht so viel wie er. Und nicht nur du wärst böse auf mich; ich wäre meinerseits böse auf dich. Weil du mich festnagelst, einen Anspruch auf mich hast, mich mit Schuldgefühlen belädst, weil ich bei einer Zeitung Geld verdienen sollte, statt einem Traum nachzujagen. Verstehst du? Das ist es, was mir Sorgen macht.«

Sie schwieg einige Zeit.

»Ich würde keine Ansprüche auf dich erheben wollen, Peter.«

»Ob du es wolltest oder nicht, darauf liefe es hinaus.«

»Eigentlich seltsam«, meinte sie nach einer Pause. »Drei Menschen wie wir... Ralph, der über Vierzig ist; ich, über Dreißig; du, Mitte Dreißig – lauter intelligente Menschen, die seit Jahren hart arbeiten. Und doch haben wir alle miteinander kein Vergnügen. Na, du hast wenigstens den Wagen. Das ist aber so ungefähr alles, nicht? Du hast im Laufe der Jahre ein Vermögen an Mieten ausgegeben und nichts dafür vorzuweisen. Ich weiß, du wolltest keinen Besitz, du hast nicht an Heirat gedacht – aber eigentlich ist es sehr schade, wenn man gar keinen Besitz hat.«

»Ihr habt das Haus.«

»Hypotheken. Wir zahlen noch die Zinsen ab.« Sie verzog das

Gesicht. »*Ich* bezahle die Zinsen. Ralphs Gehalt geht für Schnaps drauf.«

Peter Connors zog an seiner Zigarette und drückte sie im Aschenbecher aus.

»Es wundert mich, daß du nicht weggehst.«

»Wohin? Ralph ist ein guter Gesellschafter – wenn er da ist. Ich bin jemand, der einen Mann um sich braucht. Und der, den ich haben möchte –« sie lachte kurz auf – »der will mich nicht.«

»Das ist nicht wahr, Ellie.«

»Der hat mich leihweise. Vorsichtig. An sorgfältig ausgesuchten Orten, jedesmal an einem anderen, jedesmal in Angst, daß es Ärger geben könnte... Verzeih, Liebes, verzeih! Das meine ich alles nicht so. Es ist mir nur so herausgerutscht. Die Enttäuschung.«

»Ich möchte dich gerne haben. Für immer.«

»Aber nur, wenn du mich in dem Stil verwöhnen kannst, den ich mir wünsche?«

»Und nur, wenn ich das auf meine Weise schaffe. Wenn ich beim ›Chronicle‹ oder irgendeinem anderen miesen Blatt bleiben müßte, das alle vierzehn Tage eine Reisebeilage hat, wo Leute wie Ralph mir Scotch ins Ohr hauchen und mich mit Chartermaschinen nach Jersey schicken –, das würde nicht gehen, Schatz. Eine großartige Vision, gemeinsam gegen alle Widrigkeiten – aber nichts für mich.« Er fuhr nachdenklich mit dem Daumen über das Lenkrad. »Gibt es denn überhaupt keinen Weg, wie wir zu Geld kommen könnten?«

Eleanor Hunt sagte langsam: »Um genau zu sein, es gäbe einen. Aber wie alles andere in dieser verkorksten Lage kommt er nicht in Frage.«

Er setzte sie, wie gewohnt, zwei Straßen vor ihrem Haus ab. Sie küßten sich hastig zum Abschied.

»Ich lieb' dich, Schatz«, flüsterte sie, als sie ausstieg. »Rufst du mich morgen an?«

»Ganz bald.« Er schloß die Tür, winkte ihr zu, legte den Gang ein und hatte die Ecke erreicht, bevor sie in Bewegung war.

Versonnen fuhr er die sechs Meilen nach Norwood und jagte den Triumph die letzte Steigung so flott hinauf, daß er selbst lächeln mußte. Oben bog er rechts ab, und dann noch einmal rechts in eine Sackstraße. Zwischen massiven viktorianischen Häusern waren die Lichter Londons zu sehen. Ohne hinzusehen, hielt er an, stellte Motor und Radio ab und trat hinaus in den böigen, kalten Wind. Er ging zum Haus und sperrte auf.

In der ersten Etage drückte er auf einen Klingelknopf. Nach kurzer Zeit öffnete sich die Tür.

»Hab' dein Auto gehört«, sagte das Mädchen.

Er trat ein. Sie schloß die Tür und kam in seine Arme. Dann löste sie sich von ihm und ging voraus in das behaglich eingerichtete Wohnzimmer mit dem Gasfeuer, schüttelte ein paar Kissen auf und nahm ein Taschenbuch weg, damit er sich setzen konnte.

»Hart gearbeitet?«

»Ziemlich hart«, sagte er.

»Bleibst du über nacht?«

»Wir waren uns einig, daß du nicht zu fragen brauchst.«

»Ich war mir nicht bewußt, daß wir uns einig gewesen wären, du tust es nicht.« Einige Zeit verging. »Ich koche Kaffee«, sagte sie. »Irgendein toller Auftrag heute?«

Er schob die Füße näher ans Gasfeuer.

»Fesselnd für die Beteiligten, zweifellos. Eine VdR-Tagung, um neue Absicherungen für Pauschalreisende zu besprechen. Es gibt nichts –«

»VdR?«

»Verband der Reisebüros. Eine überaus besorgte Körperschaft, die in diesem Sommer den erholungsbedürftigen Massen sorgenfreie Ferien bieten möchte.«

»Ist das nicht gut?«

»Hab' mich noch nicht damit befaßt.« Er gähnte. »Wenn es gut ist für die Massen, kannst du wetten, daß es für die Touristikunternehmen nicht schlecht ist. Bald werden wir alle pausenlos zu Niedrigstpreisen durch die Welt schweifen, bedient von Flugambulanzen, wenn wir uns die Zehe verstauchen oder ein Glas Wein zuviel erwischt haben. Und wir werden alle bezahlen. Jeder subventioniert jeden, wie in der ganzen unsinnigen Wirtschaft, die wir uns eingebrockt haben. Keine Strapazen. Niemand darf leiden. Solange –«

»Du bist mir der Richtige, von Leiden zu reden«, sagte sie kühl. Sie stellte einen kleinen Tisch vor ihn hin. Er streckte die Arme aus und zog sie an sich. Sie machte sich los. »Gegen Komfort bist du nicht gerade allergisch, oder? Obwohl ich das eigentlich keinem verdenke.«

Er ließ sich zurücksinken und beobachtete sie am Herd in der

Kochnische. Sie trug eine hautenge lange Hose, und ihre Vorliebe für grelle Farben war unverkennbar, aber zu ihren kohlschwarzen Haaren paßten sie. Ihr Gesicht war klein und rund.

»Im Augenblick empfinde ich ein Gefühl demütigender Dankbarkeit für den ›Chronicle‹«, sagte er.

»Wieso?«

»Wenn man es objektiv betrachtet, hat er mir einen Tag Aufschub mehr im ewigen Kampf gegen Entbehrung und Mangel gewährt – und ein, zwei freie Stunden, damit ich mein Lieblingsmädchen besuchen kann. Du bist Zucker, Sal.«

»Und du bist egoistisch und voreingenommen und innerlich unsicher, und ich weiß wirklich nicht, warum ich dich aushalte«, gab sie zurück. Sie stellte eine Tasse auf den Tisch. »Da, dein abendlicher ›Schuß‹.« Sie setzte sich auf den Boden zu ihm. »Gehört Eleanor Hunt zum VdR?«

»Eleanor? Du meine Güte, nein. Sie ist keine Unternehmerin. Sie betreibt nur Beratung von zu Hause.«

Sarah Kingswell rümpfte die Nase.

»Davon hat sie doch sicher nicht viel?«

»Kommt darauf an, was einem Spaß macht.«

»Finanziell, meine ich. Ist das eher ein Steckenpferd bei ihr?«

»Ich glaube, sie tut es, um die Gerichtsvollzieher fernzuhalten.«

Sarah nickte ernsthaft.

»Ralph trinkt, nicht wahr? Dummer Kerl. Sich so gehen zu lassen. Hast du ihn heute abend gesehen?«

»Er rollte eben an, als ich ging. Trüben Auges, wie immer, obwohl er ein Kopfnicken für mich zustande brachte. Ich habe nie ergründen können, wie er zur Redaktion findet.«

»Ganz davon zu schweigen, daß er stundenlang blitzschnell entscheiden muß, was ins Blatt kommen soll.«

Connors stellte die Tasse weg, legte die Hände auf die Schultern des Mädchens und knetete ihren Nacken mit den Fingern. Sie schwankte stumm hin und her.

»Ralph lebt seit seinem fünfzehnten Lebensjahr für die Presse«, meinte er. »Jetzt ist er einundvierzig. Das ist eine Menge Journalismus. Ich glaube, er schaltet einfach den Autopiloten ein, und alles läuft von selbst, während sein Gewebe den Whisky aufsaugt.«

»Was für ein mieses Leben!«

»Aber ich bin nicht hergekommen, um mit dir über die armseligen Hunts zu diskutieren. Wie war dein Tag?«

»Danke der Nachfrage. Sieben Personen haben sich nach ›Der nackte Jäger‹ erkundigt –«

»Und hast du ihn gefunden?«

»Das ist zufällig der neue Bestseller von Clive Cameron. Wir haben ihn noch nicht bekommen. Kannst du dir das vorstellen? Ich mußte sie mit Versprechungen hinhalten, die ich nicht einlösen kann. Sie sind natürlich alle hingegangen und haben sich den Band bei Clarke gekauft, und das heißt, wir verlieren nicht nur –«

»Sag deinem Mr. Mortison, er soll sich mehr engagieren oder das Geschäft aufgeben«, sagte er schläfrig. »Wenn ich meinen Bestseller veröffentliche, erwarte ich mehr als Hinhaltetaktik von bedrängten Verkäuferinnen: Zu meinen Forderungen gehören Sonderschaufenster über Monate hinweg, Pressekommentare auf farbigen Beizetteln, Autogrammstunden in den größten –«

»Solltest du nicht lieber anfangen zu schreiben?«

»Das würde ich schon machen, wenn der ›Chronicle‹ mich ließe.«

Sie hob den Kopf.

»Das wird aber nie sein, oder? Ich meine, entweder wirst du dir die Zeit nehmen oder ein Risiko eingehen, ein paar Monate pausieren und hoffen müssen, daß du etwas produzieren kannst, das sich verkaufen läßt.«

»Mhm.«

»Glaubst du, du könntest das?«

»Etwas produzieren?«

»Eine Weile auf regelmäßiges Einkommen verzichten und dich abplagen?«

»Vorausgesetzt, ich könnte von dir leben.«

Sie runzelte die Stirn.

»Selbst wenn ich genug verdienen würde, ließe ich das nicht zu. Das ist nicht gut für einen Mann.«

»Für diesen Mann wäre es sogar sehr gut. Aber keine Sorge, Schätzchen: er hat andere Ideen. Er weiß, was er will, und gedenkt es zu bekommen.«

Sarah sah ihn prüfend an.

»Ich möchte wissen, ob das dein Ernst ist.«

»Journalisten sagen immer, was sie meinen.«

Sie sah ihn spöttisch an.

»Was sie nicht meinen, ist das, was sie schreiben.«

»Verstehe. Und dieses Bekommen, was du willst... schließt das mich ein?«

Er stand auf und streckte beide Hände aus.

»Du bist auf diesem Gebiet alles, was ich brauche, Sal.«

»Ich komme mir vor wie ein Kosmetikartikel in einem Supermarkt«, sagte sie nachdenklich. »Ich vermute, du möchtest ins Bett.«

»Du nicht?«

Sie ließ zu, daß er sie hochob. Sie blieb mit gesenktem Kopf stehen und schien nachzudenken. Schließlich sah sie ihn an.

»Es gibt Gelegenheiten, bei denen eine Frau gern ernstgenommen werden möchte, Peter.«

»Ah.«

»Und solche, bei denen sie es nicht mag. Ich habe einen Drang zur Unabhängigkeit, das weißt du. Sonst wäre ich zu Hause geblieben.«

»Das ist es zum Teil, was mir gefällt.«

»Mir gefällt auch vieles an dir.«

»Soll heißen, daß es auch anderes an mir gibt?«

»Niemand ist vollkommen.« Sie bückte sich, um die Tasse aufzuheben. »Es gibt vor allem eines an dir, was mich stört, wenn du es wissen willst.«

»O jemineh, du meine Güte.«

»Genau das ist es. Dieser Zug von Unreife, diese lässige Zuversicht, daß du dazu bestimmt bist, etwas ohne Mühe zu erreichen, ohne dich anzustrengen...«

Er starrte sie an.

»Für eine Zwanzigjährige hältst du einem Mann von vierunddreißig Jahren die merkwürdigsten Predigten. Was habe ich getan, um diesen herrischen Verweis zu verdienen?«

»Du hast gar nichts getan.«

»Na, dann komm. Komm mit ins Bett. Schieb das Geschirr unters Sofa.«

Er führte sie zur Schlafzimmertür. Bevor er sie öffnete, blieb er stehen und sah belustigt auf sie hinunter.

»Zerbrich dir meinetwegen nicht den Kopf, Sal! Alles ist vorausgeplant.«

Die Redaktion des ›Southern Chronicle‹ befand sich nahe genug bei der Fleet Street, um den Eindruck zu erwecken, im Mittelpunkt der Dinge zu stehen, aber weit genug entfernt, um den Anschein hochmütiger Distanz zu wahren. Das Gebäude, fünf Stockwerke Portland-Stein unter einem Zentimeter Londoner Ruß, war eingezwängt zwischen dem Marmorblock einer Versicherung und einem Gebäude aus Glas und Kunststoff, Domizil einer rätselhaften Firma, die auf lange Pappkartons spezialisiert zu sein schien; Lieferwagen holten und brachten ständig große Mengen davon.

Smithers, der Hausmeister, der sich Türsteher nannte, kam eilig aus seinem Verschlag.

»Ein Brief, der eben für Sie gekommen ist, Mr. Connors.«

»Den hole ich mir später, Smithy.«

»Steht ›Dringend‹ drauf.«

Connors stieg widerwillig hinunter, um nach dem Umschlag zu greifen. Smithers betrachtete ihn ironisch.

»Sie wollten ihn wohl so spät lesen, daß Sie nichts mehr unternehmen können.«

»Ich wollte zum erstenmal unbelästigt die Treppe hinaufkommen«, sagte Connors kalt. »Weil wir von ›unternehmen‹ sprechen, kann man nichts gegen den Ford Transit tun, der draußen die Zufahrt versperrt? Ich habe meinen Wagen drei Straßen weiter an einer Parkuhr abstellen müssen.«

Smithers wurde melancholisch.

»Wir monieren immer wieder, Mr. Connors. Sie fahren den Wagen weg, der behindert, und fünf Minuten später stehen drei andere da. Was soll man machen?«

»Machen? Die Kerle anzeigen. Sie handeln mit Rauschgift, das ist doch ganz klar. Die Drogenfahnder haben sie in der Tasche. Eines Tages lege ich den Halunken das Handwerk, Smithy.«

»Schicken Sie uns einen Zeitungsausschnitt«, gab Smithers ungerührt zurück.

In der Redaktion war es still. Nur Bill Mackay war da und hieb mit beschwielten Fingern auf einer Schreibmaschine herum. Connors guckte über seine Schulter, drehte den Daumen nach unten und ging zu seinem eigenen Schreibtisch. Er griff nach einem Aktendeckel im Eingangskorb und blätterte. Billige Wochentagsflüge nach Sardinien, vier Nächte in einem Luxushotel, Abflug Donnerstag, Rückkehr Montag. Pauschal-Wochenenden in Rom, Athen, Dubrovnik. Eine Woche Tunesien... Er betrachtete Farbaufnahmen von Hotels mit Balkonen, Schwimmbecken, Mädchen mit Superbusen. Eine Aufnahme erweckte sein Interesse. Sie zeigte Terrassen an einem Hang über dem Genfer See: Kellner in weißen Jacken servierten den Gästen Getränke, während auf der obersten Terrasse eine Kapelle spielte; Himmel und Wasser waren von makellosem Blau. Er betrachtete das Bild einige Zeit, dann legte er die Prospekte wieder in den Aktendeckel, den Aktendeckel in den Korb, und riß den hellgrünen Umschlag auf, der seinen Namen trug.

›Lieber Mr. Connors,
ich möchte ein paar Informationen über Pauschalreisen an die Adria. Ich wäre Ihnen sehr dankbar, wenn Sie sich möglichst bald bei mir melden könnten.
Freundlicher Gruß
Mrs. E. Hunt‹

Er verzog den Mund, warf den Umschlag auf den Boden und ließ den Brief auf seinem Schreibtisch liegen. Er stand auf, gähnte, reckte sich, schlenderte zu einem Fenster und starrte auf die Straße hinunter. Der abgestellte Lieferwagen war verschwunden. Er drehte sich um und betrachtete Mackay, einen stämmigen, kräftigen Mann Ende Vierzig, der ein neues Blatt in die Maschine zog. Ohne herüberzusehen, sagte Mackay: »Weil Sie gerade dastehen, ich nehme eine Flugkarte nach Miami. Ohne Rückreise.«

»Nur eine?«

»Wer braucht Begleitung, bei so einem Ziel?« Mackay hämmerte ein paar Worte aufs Papier. »Sie können mir noch einen anderen Gefallen tun.«

»Ich soll kündigen?«

»Richtig. Ich übernehme die Seite ›Reisen‹. Abgesehen von der –«

In der hinteren Trennwand öffnete sich eine Tür, und der zweite Nachrichtenchef schaute heraus. Er wirkte, wie immer, gequält.

»Wer ist da? Connors. Bombenexplosion bei Merrick, SW 3. Verletzte, heißt es.«

»Ich bin Reisejournalist, Alf.«

»Na, dann reisen Sie.«

»Einen Versuch war's wert«, sagte Mackay trocken, als Connors sich auf den Weg machte.

Eleanor sagte: »Ich habe dich gleich angerufen, aber du hast dich nicht gemeldet.«

»Ich war nicht da.«

»Normalerweise gehst du nicht so früh weg.«

»Ich bin nicht in die Wohnung zurückgefahren. Hab' die Nacht bei meiner Schwester verbracht.«

»Oh.« Eleanor gab Milch und Zucker in ihren Tee. »Wie geht es ihr?«

»Rita? Elend, wie immer.«

Eleanor äußerte sich nicht dazu. Sie trank einen Schluck, schob die Tasse weg, und faltete die dicklichen Hände auf der Glasplatte, während sie Connors von der Seite ansah.

»Entschuldige, daß ich dich schon wieder herzitiere. Das zweitemal in dieser Woche.«

»Kein Problem. Hast du etwas auf dem Herzen?«

»Was wir besprochen haben.«

Er runzelte die Stirn.

»Da fallen mir verschiedene Themen ein. Genauer, Liebes.«

Sie senkte die Stimme.

»Was ich gesagt habe über... über Ralph und mich.«

»Seine Trinkerei?«

»Unsere finanzielle Lage. Die Versicherungen.«

»Ach, das. Ja?«

»Ich bin gestern nacht aufgewacht und habe nachgedacht.«

»Versuch es mit warmer Milch und einer Wärmflasche.«

»Sei mal ernst. Ich habe mir alles durch den Kopf gehen lassen, was ich dir gesagt habe, und plötzlich kam mir der Gedanke, wie idiotisch das Ganze ist.«

»Das darfst du wiederholen. Aber was hat das damit zu tun, daß du mich an einem kalten Nachmittag im Februar in diese Pinte bestellst? – so bezaubert ich auch bin.« Er legte seine Hand auf die ihre.

»Ich dachte, wir sollten... ausführlicher darüber reden.«

»Wie ich es auch betrachte«, sagte er nachdenklich, »ich lande immer wieder beim selben Ergebnis: bei der Armut. Seien wir ehrlich. Kassieren kannst du überhaupt nur, wenn Ralph das Zeitliche segnet, und da er eine kerngesunde Leber zu haben scheint –«

»Ralph wird nicht sterben. Auf Jahre hinaus nicht, es sei denn, durch einen Unfall.«

»Eh bien, alors. Was soll's?«

»Das will ich eben bereden.« Sie füllte seine Tasse aus der Metallkanne nach. Er sah interessiert zu, als Flüssigkeit auf den Unterteller rann.

»Mit dem Zielen hapert es heut' ein bißchen, Liebling.«

Sie lachte unsicher.

»Hab' dir ja gesagt, daß ich nicht sehr gut geschlafen habe. Da bin ich am nächsten Tag immer ganz k. o. Magst du einen Keks?«

»Ich würde lieber gern hören, was du zu sagen hast. Klingt verdächtig nach einer Abwandlung der Theorie ›Wenn wir beide acht Jahre lang fest arbeiten, könnten wir es schaffen‹...«

»Ist es nicht. Ganz und gar nicht. Es ist eine neue Idee.«

»Die elektrisieren mich immer«, sagte Connors und schlürfte seinen Tee.

»Ich weiß es nur nicht recht, wie ich es ausdrücken soll.«

»Drück es einfach aus«, schlug er vor.

»Ich bin nicht sicher, wie du es aufnehmen wirst.«

»Stell es fest!«

Sie brach das Mürbegebäck auseinander und betrachtete die beiden Hälften. Ihre Finger zitterten.

»Um zwei Uhr früh kam es mir ganz logisch vor. Da bin ich, sagte ich zu mir, bis über die Ohren verliebt, ganz gierig darauf, das Leben neu anzufangen; da bist du, voller Ehrgeiz und Entschlußkraft, gefühlsmäßig genauso aufgewühlt – ja? – zwei Menschen, die unbedingt zusammenkommen wollen.« Sie schwieg einen Augenblick. »Und da ist Ralph.«

»Allerdings.«

»Vertrinkt sein Dasein, eine Last für alle, auch für sich selbst. Er ist doch nicht glücklich, oder? Für ihn ist das Leben nur zu ertragen, wenn er voll Whisky ist. Du solltest ihn zu Hause sehen.«

»Nein, danke.«

»Und da kam mir der Gedanke: Wenn ich plötzlich sterben müßte und Ralph das Geld von der Versicherung bekäme, würde er mit dem Geld nur eine Flasche nach der anderen kaufen, bis es ihm endlich gelänge, sich zu Tode zu saufen.«

»Dann würde ich, wenn ich an deiner Stelle wäre, am Leben bleiben«, sagte Connors.

»Wenn er andererseits zuerst sterben würde...«

Er nickte.

»Gegen dein Argument kann ich nicht an. Zwei Leute, die es verdienten, bekämen nützliche Fünfzigtausend, damit sie auf den richtigen Weg gelangen können.« Er seufzte. »Halli-hallo.«

»Moralisch und ethisch«, sagte Eleanor und klappte den Kannendeckel auf, um mit dem Löffel auf die Teebeutel zu drücken, »ist unser Anspruch unangreifbar.«

»Ja. Die Sache hat nur einen Haken.«

Sie hob den Kopf. Er lächelte liebenswürdig.

»Ralph wird nicht als erster sterben. Das hast du selbst gesagt.«

»Nicht beim normalen Verlauf der Ereignisse, nein.«

Die indische Kellnerin beugte sich über den Tisch, um den Zukkerspender durch einen anderen zu ersetzen. Sie richtete sich mühsam auf und ging murmelnd zum Nachbartisch. Eleanors Blick glitt hinterher, bevor er zu dem Löffel in ihrer Hand zurückkehrte. Connors stützte beide Ellenbogen auf den Tisch.

»Und wie werden sie unnormal?«

»Du bist der aufstrebende Schriftsteller«, sagte sie langsam. »Laß mal deine Phantasie spielen.«

3

Connors holte Ralph Hunt auf der Treppe ein und verlangsamte den Schritt, um auf gleicher Höhe zu bleiben.

»Vorbereitet auf die nächtlichen Strapazen?« fragte er.

Hunt schnitt eine Grimasse.

»Manchmal wünsche ich mir, daß ich in einer Bank angestellt wäre. Oder in einem Reisebüro. Wann ist der nächste Auslandsausflug, Peter?«

»Sobald mich jemand einlädt. Mit etwas Glück kommt Cyprus Airways Jugotours zuvor. Ich habe heute mit Ihrer Frau gesprochen.«

»So? Was wollte sie denn diesmal?«

»Irgendwas über die Adria. Sie scheint eine Menge Anfragen zu haben.«

Hunt blieb oben an der Treppe stehen und lehnte sich ans Geländer.

»Man möchte meinen, daß die Leute gelegentlich den Drang verspüren, selbst etwas auszuprobieren. Aber für die Reisejournalisten kann es ja nur gut sein, wenn das nicht der Fall ist. Sie sollten sich mit Eleanor zusammentun.«

»Vielleicht sollten wir das.«

»Sie macht das noch nicht lange genug, um Verbindungen zu haben.«

»Das wird noch kommen.«

»Natürlich bringt das nur ein Taschengeld.« Hunt stieß sich vom Geländer ab. »Ich sehe keinen Penny davon. Nicht, daß ich etwas haben möchte.« Er schwankte und stieß wieder gegen das Geländer, das unter dem Anprall erzitterte. Er setzte sich wieder in Bewegung. »Dienst heute?« fragte er.

»Nein, ich bin fertig. Bin nur hergekommen, um mich abzumelden.«

»Dann sind Sie also unterwegs zu Ihrer kleinen Rothaarigen?«

»Im Augenblick ist es eine Blondine.«

»Viel Glück.« Hunt nahm eine Kurskorrektur vor. »Von Blondinen versteh' ich was. Bin elf Jahre mit einer verheiratet.«

»Eine lange Zeit«, sagte Connors.

In der Redaktion herrschte gedämpftes, aber reges Treiben. Während Hunt zur hinteren Trennwand ging, trat Connors an seinen Schreibtisch, warf seinen Notizblock hin, blickte auf eine Mitteilung in seiner Schreibmaschine, griff nach Reiseprospekten im Eingangskorb, warf Eleanors Brief in den Papierkorb, meldete sich über die Hausanlage beim Nachrichtenchef und erhielt die Genehmigung, Schluß zu machen.

»Halt«, sagte der zweite Nachrichtenredakteur müde. »Ralph will noch was.« Connors behielt den Hörer am Ohr, bis Hunt sich meldete.

»Sie kommen nicht in meiner Nähe vorbei, Peter?«

»Habe ich nicht vor. Warum?«

»Macht nichts. Meine Frau wollte, daß ich etwas mit heimbringe, und jetzt habe ich es mitgenommen, das ist alles. Schon gut.«

»Ich kann vorbeifahren und es einwerfen.«

»Nein, nein, machen Sie sich nicht eigens die Mühe.«

»Meine kleine Blondine wohnt in der Gegend. Ich kann zwei Fliegen mit einer Klappe..., na, Sie wissen schon.«

Hunt lachte kurz.

»Okay, wenn Ihnen das zupaß kommt. Es ist ein Reisedossier. Ich geb' es dem Jungen, damit er es vorbeibringt. Vielen Dank! Aber belassen Sie es bei einer Fliege.«

»Verstanden.« Connors legte auf. Er stand eine Weile da und dachte nach. Ein Botenjunge kam heran und brachte einen großen, dicken Umschlag. Connors winkte ihm, griff nach dem Umschlag, legte ihn zu seinen Unterlagen und verließ das Haus.

»Warum haben wir uns zwei Straßen weiter treffen und hierher fahren müssen, wenn Ralph dich gebeten hat, vorbeizukommen?« sagte Eleanor verwundert.

Connors schaltete das Radio ein. Jemand trug ein Gedicht vor. Er schaltete auf einen Sender, wo ein modernes Jazzquartett gleichmäßig und eintönig vor sich hinspielte; er drehte den Ton leiser. Im Wagen war es warm.

»Weil nach wie vor gilt, was ich von Anfang an gesagt habe, mein Engel. Wenn wir uns sehen, dann außerhalb eures Hauses.«

»Aber wenn Ralph –«

»Wir wollen doch nicht, daß die Nachbarn mich kennenlernen. Nachbarn tratschen.«

»Sollen sie doch.«

»Warum sollen sie? Es steht in unserer Macht, ihnen das Vergnügen zu versalzen.«

»Was wir uns versalzen, ist unser eigenes Vergnügen. Außerdem ist es in gewisser Weise gefährlicher wegzugehen, als zu Hause zu bleiben. Ralph könnte anrufen. Er geht davon aus, daß ich arbeite. Ich habe gesagt, daß ich arbeite. Und er hat gewußt, daß du –«

»Sag ihm, daß du die Unterlagen zu einem Kunden hast bringen müssen.«

»Keine schlechte Idee. Also gut.« Sie sah ihn forschend an. »Wolltest du reden oder –«

»Geschäftliches.« Er legte den Ellenbogen auf das Lenkrad. »Ein einziger Punkt auf der Tagesordnung. Ein schwieriger. Ich glaube, es ist an der Zeit, daß ich dich mit meinen Überlegungen zum Thema vertraut mache.«

Sie sah ihn unverwandt an. Connors schwieg einige Zeit, dann erwiderte er ihren Blick.

»Ralph hat heute recht verbraucht ausgesehen«, sagte er.

»Er hat getrunken, bevor er gegangen ist.«

»Was macht er sonst mit sich?«

Eleanor zuckte die Achseln.

»Er suhlt sich im Selbstmitleid, nehme ich an. Er spielt gern den hartgesottenen, überarbeiteten Pressemann, zu erschöpft, um etwas anderes zu tun, als zu saufen und zu schlafen, um auf die nächsten Strapazen vorbereitet zu sein.«

»Aber irgend etwas muß er doch *tun.*«

Sie überlegte.

»Ab und zu führt er den Hund spazieren. Ich glaube, es macht ihnen beiden nicht viel Spaß. Manchmal geht er in die Kneipe und trinkt etwas. Zum Einkaufen geht er nicht mit, das ist ihm zu prosaisch.«

Connors sah ihr in die Augen.

»Hat den Anschein, als lebe er nur von Stunde zu Stunde.«

»Ich nehme an, daß ihm seine Arbeit Spaß macht.«

»Wirklich? Wenn ich ihn so sehe und höre, ist das alles nur eine gewaltige Anstrengung – ein unvermeidliches Hindernis vor der Flasche.«

Sie sagte langsam: »Das habe ich nicht gewußt.«

»Das meiste, was er verdient, kassieren wohl die Schnapsfabrikanten.«

»Bis auf das, was er in den Wettbüros läßt.«

»Er spielt auch?«

»Ohne besondere Freude. Bei ihm ist das nur ein Narkosemittel mehr.«

»Mit Gewinn?«

Sie zuckte wieder die Achseln.

»Was denkst du? Wenn er etwas gewänne, würde er es vertrinken. Aber es sollte mich nicht wundern, wenn er nahezu alles verliert. Er wirkt oft ziemlich verzweifelt.«

Connors pfiff leise vor sich hin, während Eleanor zum Fenster hinausstarrte.

»Überhaupt ein recht verzweifelter Mensch, nicht wahr?« meinte er nach einer Weile.

»Absolut«, sagte sie.

»Und er ist fünfzigtausend Pfund wert.«

»Tot.«

Wieder schwiegen sie. Connors drehte sich schließlich nach vorn und ließ den Motor an, schaltete die Scheinwerfer ein. Eleanor richtete sich auf.

»Wohin jetzt?«

»Es sind nicht nur die Ralphs auf dieser Welt, die Durst bekommen«, meinte er, als er anfuhr.

Er fuhr zu einem Lokal, in dem sie schon einmal gewesen waren, und in dem es eine halb versteckte Nische gab. Während Eleanor die Plätze besetzte, holte Connors zwei Gläser Weißwein und setzte sich zu ihr auf die Polsterbank. Sie tranken stumm. Connors drehte das Glas um seine Achse.

»Jemand, der so armselig dran ist, wäre besser bedient, wenn er erlöst wäre«, sagte er.

Sie schwieg.

Er kippte das Glas.

»Das ist nicht nur eine Selbsttäuschung. Wir treffen alle Entscheidungen, die anderer Leute Leben beeinflussen. Und ihren Tod, um es genau zu nehmen. Das eine läßt sich vom anderen nicht trennen.«

Er verschüttete ein wenig Wein. Eleanor zog ein Papiertaschentuch aus ihrer Handtasche und wischte es auf. Er legte die Hand auf ihr Handgelenk.

»Man kann einen Menschen lieben und damit sein Leben verkürzen. Töten durch Güte, nennt man das. Oder man kann hassen und versuchen, dabei zivilisiert zu bleiben, während man den Menschen, der einem zuwider ist, in ein frühes Grab treibt – vielleicht sogar sich selber. Zwischenmenschliche Beziehungen, so nennt sich das.«

»Du zitierst mir hier aus deinem Roman«, sagte sie leise.

»Ich setze die Dinge in die richtige Perspektive. Wiegt das mögliche Gute das diskutierbare Schlechte auf? Haben die Einwände Gültigkeit, oder sind sie nur angelernte Reflexe?«

Eleanor warf das durchtränkte Papiertaschentuch in einen Aschenbecher.

Er umklammerte ihr Handgelenk.

»Das klassische Thema. Sagen wir, ein alter Mensch, mit dem man verwandt ist, fleht einen an, ihn von seinem Elend zu erlösen, und man tut es: Verurteilt einen die Mitwelt?«

»Ralph ist nicht alt.«

»In mancher Beziehung«, sagte Connors mit Entschiedenheit, »ist Ralph der älteste Mann, den ich kenne. Er war schon vor Jahren über das Leben hinaus.«

»Du meinst, das wäre eine Art – Euthanasie?«

Connors griff nach den Weingläsern, trug sie zur Bar und ließ nachfüllen. Der Wirt verfolgte ein Fußballspiel auf dem Bildschirm. Als Connors in die Nische zurückkam, hatte Eleanor sich aufgerichtet, so, als sei sie zu einer Entscheidung gelangt.

»Ich glaube, ich gebe dir in allem recht, was du sagst.«

»Ich habe nichts gesagt, nur verschiedene Möglichkeiten der einen –«

»Peter, machen wir uns nichts vor. Wir wissen beide, wovon wir reden. Ich habe mir deine Argumente angehört. Sie sind stichhaltig. Es ist sicher leicht, unklares Denken zu rechtfertigen, und viel lobenswerter, sich von jeder Heuchelei zu befreien. Ich stimme dir wirklich zu.«

»Trink deinen Wein.« Nach einer Minute fügte er hinzu: »In diesem Fall hindert uns nichts, zum nächsten Punkt fortzuschreiten. Es sei denn, du hättest etwas einzuwenden?«

4

Das Telephon schrillte, als Connors seine Wohnungstür aufsperrte. Eine gereizte Stimme sagte: »Bedaure, Freund. Fahren Sie sofort nach Kilburn! In einem Kino hat es eine Riesenexplosion gegeben. Die dritte heute nacht.«

»Okay, Ralph, bin schon unterwegs.«

Als er ins ›Chronicle‹-Haus zurückkam, war es lange nach Mitternacht. Er ging zu der Gruppe von Reportern, die darauf wartete, bei Anlaufen der Spätausgabe Schluß zu machen.

»Prima Nacht für Irre«, sagte Phil Maynard, der jüngste Polizeireporter. »Politik? Kannst du vergessen. Die Kerle spicken doch bloß voneinander.«

Bill Mackay sah ihn müde an.

»Politisch oder nicht, die Leute sehen alle gleich aus, wenn es sie erwischt hat.«

Connors warf ihm einen Blick zu.

»Scheint scheußlich gewesen zu sein, wie?«

»Drei Tote, fünf oder sechs Verletzte.«

»Wo?«

»Brixton. Wie war das in Kilburn?«

»Halbe Sache«, sagte Connors. »Ein Toter, und das war der Filmvorführer. Man nimmt an, daß er die Bombe selbst mitgebracht hat und sie nach der Vorstellung zur Explosion bringen wollte.«

»Hat er vergessen, den Zünder einzustellen?«

»Er muß sein Sprengmeister-Handbuch vergessen haben, oder vielleicht hatte er auch nur Pech. Jedenfalls kann das kein besonderer Sprengkörper gewesen sein – es war noch ein gutes Stück von ihm übrig, als man ihn hinaustrug.«

»Was hat denn gefehlt?« fragte Maynard.

»Das ist nicht komisch«, sagte Mackay kurz.

»Auf der anderen Seite ist es aber auch schwer, sich übermäßig aufzuregen«, meinte Connors nach einer Pause. »Nach einer Weile schaut eine geköpfte Leiche aus wie die andere.«

»Daß wir so denken, genau das wollen sie.« Mackay wandte sich ab.

Das Freisignal kam. Die Redaktion leerte sich wie von Zauberhand. Connors blieb noch, blätterte beiläufig in Reiseprospekten und verabschiedete sich von den Kollegen, die hinausgingen. Ralph Hunt kam als letzter heraus. Er hatte rote Flecken im Gesicht, was die Blässe seiner Haut noch hervorhob. Er ging langsam und einigermaßen gerade, während er seinen Wildledermantel zuknöpfte; sein Blick richtete sich sofort auf Connors.

»Immer noch da? Ich dachte, Sie würden beim ersten Zeichen verschwinden.«

»Ich dachte mir, ich könnte Sie vielleicht zur Station mitnehmen.«

»Sehr freundlich von Ihnen. Womit habe ich das verdient?«

»Sie haben mich in einer freien Nacht zurückgeholt.«

»Richtig. Die kleine Rothaarige. Hat alles geklappt?«

»Blondine.«

»Blondine. Haben Sie übrigens das Material meiner Frau gebracht? Gut, das erspart mir eine Strafpredigt beim Frühstück.« Hunt stieg vorsichtig die Treppe hinunter. Connors leistete ihm beim Gebrauch der Schwingtüren unnötige Hilfe. Hunt blieb auf den Stufen vor dem Haus stehen, gähnte, schaute sich um.

»Jedesmal, wenn ich um diese nachtschlafende Zeit in diese scheußliche Gegend hinaustrete, nehme ich mir vor aufzuhören«, sagte er.

»Und was hindert Sie?«

»Wirtschaftliche Notwendigkeit. Mensch, nein, das ist es nicht. Ich könnte so auch genug verdienen.« Er betrachtete die regenfeuchte Straße mit den nackten Reihen Parkuhren. »Nein, das kann es nicht sein.«

Connors führte ihn zu seinem Wagen. Hunt zwängte sich hinein, ließ den Kopf gegen die Stütze sinken und atmete tief ein.

»So einen würde ich mir auch gerne leisten können.«

»Um ein Uhr nachts ist er ganz nützlich.«

»Kann ich mir vorstellen«, sagte Hunt zynisch. »Schön geräumig, der Rücksitz.« Er drehte den Kopf nach hinten.

»Man kann ihn zu einer Art Bett ausklappen.«

»Wäre praktisch in der Redaktion.« Hunt drehte sich wieder nach vorn. »Ab und zu ein Nickerchen, das wäre ideal.«

»Ich dachte, Sie betrachten Ihren Job als eine Herausforderung.« Connors fuhr in die Fleet Street hinaus.

»Sicher. Das muß man, sonst käme man nicht jeden Abend bis zu seinem Sessel.« Hunt machte eine Pause. »Man bekommt das Ganze über. Es steht einem bis daher.«

Connors hielt an der Ampel.

»Ich bringe Sie gleich ganz heim. Kein großer Umweg für mich.«

»Guter Gott, nein. Setzen Sie mich ab, ich nehme den Zug.«

Connors fuhr vorbei an Blackfriars und über die Themse. Hunt lehnte sich mit einem Brummlaut zurück.

»Okay, Sie sind am Steuer. Zwei Fahrten für den Haushalt Hunt an einem Abend – nicht schlecht. Wissen Sie was, Peter? Sie sind in der Redaktion so ungefähr der einzige, mit dem ich reden kann.« Seine Stimme nahm einen rührseligen Ton an. »Sie kommen mir vor wie ein Mensch, während die anderen... Wie halten Sie das durch?«

»Dringen Sie durch die Schale, und Sie stoßen auf den eisernen Kern.«

Hunt legte den Kopf auf die Seite.

»Ich nehme an, Sie kennen sich selbst. Manche von uns haben soviel Einsicht. Gelegentlich frage ich mich: Könnte ich jetzt, zum Beispiel, einen dieser Bomben-Fälle recherchieren und ordentliche, objektive Arbeit leisten? Im Laufe der Jahre wird man zimperlich, finden Sie nicht?«

Connors schüttelte den Kopf.

»Ich finde, daß es immer weniger wichtig wird.«

Hunt betrachtete ihn.

»Heißt das nicht, die Objektivität zu weit treiben?«

»Nicht, wenn man es kühl durchdenkt. Ich habe erst neulich zu jemandem gesagt, es kommt gar nicht darauf an, wie man die Leute beseitigt. Was man erkennen muß, ist, daß wir es alle tun, die ganze Zeit, im Guten und im Bösen – konventionell gesprochen, meine ich –, und es handelt sich allein darum, diese Erkenntnis zu verarbeiten. Wenn man beschließt, sich an das zu halten, was gesellschaftlich akzeptabel ist, hängt das von einem selbst ab. Aber man kann auch für die Bombenleger etwas ins Treffen führen. Wenigstens sind sie schnell. Vielleicht gehen sie wahllos vor – aber tun wir das nicht alle?«

»Bis zu einem gewissen Punkt.« Nach einer Pause fügte Hunt hinzu: »Sie sollten ein Buch schreiben.«

»Um das zu tun, müßte ich vom Karussell abspringen.«

»Aufhören, zu verdienen, meinen Sie? Aber Sie haben keine Bindungen.«

Connors schoß bei Gelb über eine Kreuzung.

»Ich lege aber sehr großen Wert auf die Bequemlichkeiten des Lebens. Zehn Jahre in einer Mansarde zu existieren, auf der Jagd nach dem Erfolg..., wie Sie schon sagten, ich kenne mich selbst, und das wäre nichts für mich. Ich glaube eben, daß es nicht schwieriger und viel weniger anstrengend ist, Gedanken in einer behaglichen Umgebung niederzuschreiben, als sie mit Blut auf einem wackligen Tisch niederzukritzeln. Gut, ich möchte beim ›Chronicle‹ ausscheiden, ich möchte gern schreiben... Aber ich sehe nicht ein, weshalb ich dafür hungern soll.«

»Sie sind ein Realist«, sagte Hunt nach einer Weile.

»Idealismus ist etwas für Schwachsinnige.«

»Heißt das soviel wie: Sie würden vor nichts zurückschrecken, um zu bekommen, was Sie wollen?«

Connors Hände lagen locker auf dem Lenkrad.

»Das Leben ist ein Ameisenhaufen. Die Starken klettern auf die Schultern der Schwachen und ziehen sich an die Oberfläche, während der Rest im Sumpf steckenbleibt. Realismus heißt, das anerkennen. Es ist Sache des einzelnen, zu entscheiden, welche Position die seine ist.«

Hunt lachte plötzlich in sich hinein.

»Das wird ein Buch, das ich unbedingt lesen muß. Sagen Sie mir Bescheid, wenn es herauskommt!«

»Zuerst muß ich meine Lage konsolidieren«, sagte Connors.

»Und wie wollen Sie das machen?«

Connors fuhr scharf um eine Kurve, daß der andere an die Tür gepreßt wurde.

»Wenn man angestrengt genug sucht, findet sich meist eine Methode. Genug von mir. Wie überleben Sie so von Tag zu Tag, Ralph? Ich schreibe vielleicht ein Kapitel über Sie. Erzählen Sie mal von Ihrem Alltagsleben!«

5

Ein junger Mann stand vor den Taschenbüchern; eine Frau, die ein Kinderbuch kaufte, ließ es sich einwickeln. Connors ging an dem jungen Mann vorbei und starrte über seinen Arm hinweg, der plötzlich zuckte. Er ging weiter zu den gebundenen Büchern, griff nach einer neuen Biographie von Freud und blätterte darin, während das Kinderbuch bezahlt und mitgenommen wurde. Sarah trat zu ihm, in einem frischen, grünen Kittel.

»Hallo. Wie war Zypern?«

»Dicht umgeben von Wasser.«

»Sonnig?«

»Da ist jetzt auch Februar. Wir verbrachten die ganze Zeit in einem beheizten Bus und holperten von Küste zu Küste, auf Kosten von Skyline-Tours, angenehmerweise. Vier langweilige Tage.«

»Sie scheinen dir gutgetan zu haben«, sagte sie kühl. »Hier hat es Schneeregen gegeben.«

Der junge Mann verließ den Laden. Connors sah ihm nach.

»Er hat ›Freude am Sex‹ genossen.«

»Seit einer Woche liest er täglich ein Kapitel. Ich überlege mir schon, ob ich ihn zwingen soll, das Buch zu kaufen.«

»Vielleicht hat er es auf dich abgesehen. Recherchen, vor der großen Prüfung.«

»Sehen wir uns heute abend?«

»Ich komme vielleicht vorbei. Hab' viel aufzuholen.«

Sarah ordnete die Biographien wieder.

»Wenn es so unsicher ist, laß es! Ich habe selbst sehr viel zu tun.«

»Hui, aua.«

»Das ist keine Verärgerung, Peter.« Sie stieß eine Buchreihe mit den Händen glatt. »Ich will dir nur klarmachen, daß ich keine Lust habe, einen Abend zu vertrödeln, auf die vage Aussicht hin, daß du vielleicht vorbeischaust.«

»Man kann ja immer ein gutes Buch lesen.«

»Ich meine es ernst, Peter.«

»Na sicher«, sagte er tolerant. Er legte die Arme um sie. Sie blieb steif stehen, das Gesicht abgewendet. »In Ordnung. Für dich speziell strenge ich mich ganz besonders an, Sal. Stell den Kaffee heiß, ja?«

Drei Studenten mit langen Wollschals kamen herein und warteten. Sarah wollte auf sie zugehen. Connors sagte: »Bis später, Liebes«, küßte sie auf die Haare und ging hinaus.

Er setzte sich wieder in den Wagen und fuhr zum ›Chronicle‹-Gebäude. Ohne die spöttischen Begrüßungsworte zu beachten, griff er nach einem Telefon und wählte. Es dauerte einige Zeit, bis Eleanor sich meldete.

»Mrs. Hunt? Peter Connors. Tut mir leid, daß ich mich so lange nicht gemeldet habe. Ich war verreist.«

»Schon gut, Mr. Connors«, erwiderte sie sachlich. »Können Sie mir überhaupt helfen?«

»Ich lasse Ihnen Informationen zum Thema zukommen.«

»Geht das bald?«

»Heute noch. Auf Wiedersehen.« Er legte auf.

»Wollen Sie vielleicht selber ein Reisebüro aufmachen?« sagte Mackay.

»Wir müssen seine Schwächen ausnützen.«

Eleanor lachte bitter.

»Das sollte nicht allzu schwer sein.«

»Ich habe auf Zypern viel darüber nachgedacht. Hätte beinahe Notizen gemacht, habe es aber dann doch gelassen.«

»Es darf nichts Schriftliches geben.«

»Auf jeden Fall – je unkomplizierter, desto besser. Man kann auch zu raffiniert sein.«

»Oder nicht raffiniert genug.«

»Nein. Schläue ist Einfachheit. Wie eine Maschine mit möglichst wenig beweglichen Teilen. Da kann nicht soviel kaputt gehen. Sagt dir das etwas?«

Sie wollte antworten, zögerte aber, als der Schaffner heraufkam. Connors hielt ihm Geld hin.

»Bis zur Endstation.« Der Schaffner zog die Brauen hoch.

»Bis zum *Depot?*«

»Wieso nicht? Wir interessieren uns für alte Architektur.«

Der Schaffner dachte nach.

»Neunzehnhundertneunundzwanzig gebaut. Zählt das?«

»Pseudo-Gotik zwischen den Kriegen«, sagte Connors begeistert. »Wunderbar.«

Er bekam einen langen Streifen Fahrscheine. Der Schaffner, ein kleiner, älterer Mann, sah sich im sonst leeren Oberdeck um, bevor er bedrückt sagte: »Schöner Abend für eine Fahrt«, und wieder hinunterstieg. Eleanor sah Connors an.

»Sollten wir uns nicht lieber unauffällig verhalten?«

»Das ist die eine sichere Methode, aufzufallen.«

»Aber warum müssen wir mit dem Bus fahren?«

»Was kann man gegen Busse sagen?« Er schaute zum Fenster hinaus. »Wer oben ist, sieht alles. Es ermüdet mich, dauernd herumzufahren – so kann ich ganz auf das achten, was wir besprechen. Du wirst doch nicht auf einen Bekannten stoßen, oder?«

Eleanor lächelte traurig.

»Kann nicht behaupten, daß ich viele gefunden hätte, da, wo ich wohne. Nicht das, was man Freunde nennt. In unserer Gegend sind sie ein bißchen reserviert. Ich sehe die Nachbarn kaum. Wir sind von Hecken eingeschlossen, und es ist nicht wie ... Ach, Liebling. Tun wir denn das Richtige?«

Connors beugte sich näher zu ihr heran.

»Wir müssen dafür sorgen, daß wir es tun. Fangen wir mit ein paar grundsätzlichen Dingen an. Eins: Die Police, mit der jeder zugunsten des anderen versichert ist, sichert gegen Unfälle ab, nicht?«

Sie nickte.

»Zwei: Um die Auszahlung zu garantieren, muß es ein natürlicher, überzeugend wirkender Unfall sein, der den Umständen nach akzeptabel ist. Für mich scheidet damit alles von der Art einer Überdosis Schmerztabletten oder dergleichen aus. Es könnte hingehen, aber die Fragen wären vielleicht peinlich. Selbst vorausgesetzt, wir könnten erreichen, daß er eine Überdosis *nimmt.*«

Eleanor blickte auf die beleuchteten Schaufenster hinaus.

»Er nimmt nie Tabletten.«

»Siehst du? Du würdest Aussagen machen müssen – Falschaussagen – dahingehend, daß er tablettensüchtig war, und dem Coroner einreden, er hätte irrtümlich die zehnfache Dosis eingenommen. Das führt in ein Labyrinth. Genau das habe ich gemeint, wenn ich sagte, es müßte ganz einfach sein, wir müßten seine Hauptschwäche nutzen. Nämlich...?«

»Der Alkohol, natürlich.«

»Mit der Wirkung...?«

»Daß wir beide langsam verrückt werden.«

»Ich hatte an etwas Konkretes gedacht«, sagte Connors nach einer Pause. »Paß auf. Ralph ist als Trinker bekannt. Er kommt jeden Abend halb angetrunken in die Redaktion und säuft am Schreibtisch weiter. Er hat seine Sinne beieinander, er macht seine Arbeit, also nimmt man das höheren Orts hin. Zur selben Zeit aber –«

»Ich sehe da nichts Vielversprechendes.«

»Aber er hat seine festen Gewohnheiten. Regelmäßig, etwa jede Stunde, wankt er durch den Flur zur Toilette an der Hintertreppe. Das ist auch allgemein bekannt. Die Leute stellen praktisch die Uhr nach ihm.«

Eleanor sah ihn an.

»Und wie hilft uns das weiter?«

»Wenn ich sage, er wankt, meine ich nicht, daß er wie ein Volltrunkener umherstolpert, aber er weicht von der geraden Linie ab... Du weißt ja, wie er ist. Alle wissen es. Ich war vor einer Woche mit ihm auf dem Treppenabsatz, als er plötzlich nach hinten kippte und das Treppengeländer rammte.«

Eleanor starrte vor sich hin. Mit halb erstickter Stimme sagte sie: »Er wird sich nicht über das Geländer stürzen, nur um uns entgegenzukommen.«

»Ich habe mir das Geländer heute angesehen. So stabil ist es nicht. Die Stangen sind aus Eisen, aber verrostet. Sie geben nach, wenn man sich daranlehnt.«

»Er müßte stark betrunken sein. Selbst dann –«

»Es könnte ja immer jemand nachhelfen.«

Sie starrte immer noch vor sich hin, wie gelähmt. Nach einer langen Pause fügte er hinzu: »Du selbst müßtest natürlich weitab vom Schuß sein. Am fraglichen Abend ausgehen, sagen wir, mit Bekannten.«

Der Bus brauste in eine schmalere Straße und fuhr eine Steigung hinauf. Eleanors Stimme war kaum zu hören.

»Und wo wärst du?«

Connors lehnte sich zurück.

»Wo wäre ich? Zunächst wäre ich dienstlich unterwegs, bei irgendeinem Treffen, nicht zu weit vom ›Chronicle‹-Gebäude entfernt. Wir müßten auf die passende Gelegenheit warten. Ich würde hingehen, mich zeigen, mich in den Vordergrund schieben. Dann würde ich heimlich verschwinden.«

Eleanor nickte schnell.

»Ich würde zurückfahren, zu Fuß zum Haus gehen und durch den Eingang in Johnson Close hineinschlüpfen. Die Hintertreppe hinauf zum Heizungsraum neben der Toilette...«

»Und wenn man dich sieht?«

»Verkleidung. Eine Perücke, eine Brille.«

»Woher weißt du, wann Ralph...?«

»Ich würde die Tür einen Spalt offen lassen.«

»Und wenn andere in der Nähe sind?«

»Das kommt nie vor. Das ist ein winziger Raum, weißt du. Deshalb benützt er ihn. Da kann er allein sein und ungestört einen großen Schluck aus der Flasche nehmen.«

»Gib mir eine Zigarette, ja?«

Er zündete zwei Zigaretten an und gab ihr eine. Sie blies den Rauch hinaus und hustete ein wenig.

»Was dann?«

»Ich folge ihm hinaus auf den Treppenabsatz.«

»Aber wenn er... hinüberkippt, stürzt er nur eine Etage hinunter.«

Connors schüttelte den Kopf.

»Das geht hinunter bis in den Keller.«

»Trotzdem – Gewißheit gäbe es keine.«

»Wieviel Gewißheit willst du? Hast du eine bessere Idee?«

Sie sog hastig an der Zigarette.

»Und nachher?«

»Ich würde das Haus auf demselben Weg verlassen, zu dem Treffen zurückfahren und mich wieder produzieren.«

»Das ist kein Alibi. Wenn man die Leute befragt, würden sie angeben, daß sie dich während einer bestimmten Zeit nicht gesehen haben, und –«

»Aber warum sollten sie die Leute befragen? Es gibt nichts, was mich mit Ralph in enge Verbindung bringt.«

Sie schwieg.

»Ich brauchte mir die ganze Mühe nicht zu machen«, sagte er. »Ich könnte einfach die Redaktion für zehn Minuten verlassen und dasselbe Ergebnis erzielen. Was ich vorschlage, ist nur eine ganz besondere Vorsichtsmaßnahme. Siehst du, Liebes, wir sind vorsichtig gewesen. Ich bin nicht in dein Haus gekommen, du bist nicht in meiner Wohnung gewesen. Wir haben uns auf förmliche Weise in Verbindung miteinander gesetzt, in Reiseangelegenheiten, und das ist alles. Für die Umwelt kennen wir uns nur oberflächlich.«

»Aber wenn wir dann zusammenleben –«

»Es gibt kein Gesetz, das einem Mann verbietet, eine trauernde Witwe zu trösten. Nach Ablauf einer schicklichen Zeitspanne.«

Drei farbige Jugendliche stürmten die Treppe herauf und drängten sich nach vorn, verfolgt von dem kleinen Schaffner. Es kam zu einer lautstarken Auseinandersetzung, als er Fahrscheine verkaufte. Connors beobachtete sie. Eleanors Hand schob sich in die seine; er drückte sie. Der Schaffner kam zurück und sah sie mit einem vielsagenden Brauenzucken an, dann stieg er hinunter.

Eleanor sagte in Connors' Ärmel hinein: »Liebling, wenn du glaubst, daß das gehen könnte...«

»Wenn nicht, versuchen wir etwas anderes.«

»Und wann, hast du daran schon gedacht?«

»Am ersten Abend, der sich anbietet. Es hat keinen Sinn, das hinauszuzögern.«

»Aber du sagst mir rechtzeitig Bescheid?«

»Natürlich, Schatz. Du mußt ja den Ausgang mit deinen Bekannten planen.«

»Jim und Monica«, murmelte sie. »Das sind die einzigen, die ich kenne, und die... Sie nehmen mich mit ins Kino, wenn ich sie darum bitte.«

»Du sollst nicht bitten, sondern es so hindrehen, daß sie dich auffordern.«

»Gut. Also schon diese Woche?«

»Nächste. Ich gebe dir Bescheid.«

Sie gab einen Laut zwischen einem Ächzen und einem Schlukken von sich. Er drückte wieder ihre Hand.

»Ellie, es stehen zwei lohnende Leben gegen ein verkorkstes. Für mich ergibt das eine gültige moralische Gleichung.«

»Sich vorzustellen«, sagte sie nach einer Weile, »daß wir uns durch Ralph kennengelernt haben. Wenn er dich nicht als Kontaktperson vorgeschlagen hätte...«

»Das war Bestimmung«, sagte Connors. »Gar kein Zweifel.«

»Ich möchte dir etwas zeigen.« Sie zog eine Abendzeitung aus ihrer Reisetasche. Sie war auf der Horoskopseite aufgeschlagen, zwei Absätze angekreuzt.

»›Widder‹«, las er. »›Ein Tag, um Pläne zu schmieden. Nicht vor kühnen Maßnahmen zurückschrecken; am Ende lohnen sie sich.‹ Mhm. ›Waage. Zögern und Halbherzigkeit vermeiden. Finanziell eine gute Zeit: Eine Spekulation dürfte Erfolg bringen.‹ Du kennst die Leute, die dieses Zeug schreiben?«

»Trotzdem«, sagte sie zu ihrer Verteidigung. »Es ist doch interessant, nicht?«

»Ist Ralph nicht auch Waage?«

Sie nickte. Er gab ihr die Zeitung und sagte: »Hoffen wir, daß er sich nicht für die Sterne interessiert.«

6

Bill Mackay schlenderte auf Connors' Schreibtisch zu.

»Ich gebe morgen eine Party. Jeder, der Zeit hat, ist eingeladen.«

»Aus welchem Anlaß?«

»Ich bin achtundvierzig. Dachten Sie, ich wäre sechsundfünfzig? Meiner Frau zufolge wirke ich, jedesmal, wenn sie mich sieht, was nicht oft der Fall ist, wie ein rüstiger Achtzigjähriger. Oft fühle ich mich auch so – ohne die Rüstigkeit. Ab neun Uhr, Nebenzimmer im ›Pheasant‹, erster Stock.«

»Ich schaue vorbei.«

»Ah, die spontane Begeisterung meiner Freunde.« Mackay gab Connors einen Rippenstoß, entfernte sich, drehte sich um und kam wieder zurück. »Hat sich was getan bei der Frau des Vikars, heute nachmittag?«

»Ich habe sie bei ihrer Schwester erreicht.« Connors kniff die Augen zusammen. »Inoffiziell sagt sie, ihr Mann sei ein alter Schwachkopf, der von einem raffinierten jungen Ding verführt worden sei, und wenn sie ihn wieder zu Gesicht bekäme, werde sie ihm Vernunft einbläuen.«

»Und offiziell?«

»Sie ist sicher, daß es sich um ein Mißverständnis handelt, das der liebe Henry bald aufklären wird; sie und Miss Mallard hätten stets die besten Beziehungen gehabt und würden Freundinnen bleiben.«

»Amen. Wie sieht das raffinierte Ding aus?«

Connors zeigte ihm ein Photo. Mackay pfiff durch die Zähne.

»Ein schwüler Tag im Sommer, stellt man sich vor. Wenn die Bikinis noch kleiner wären, könnten sie ganz darauf verzichten. Es ist also das und eine Überschrift im ›Stadtklatsch‹?«

»Sie haben es erraten.«

»Ist eben ein Talent.« Mackay zog ihn beiseite. »Hören Sie mal, was halten Sie von Ralph?«

»Ich befasse mich kaum mit ihm. Wieso?«

»Ich wollte ihn auch einladen.«

»Und?«

»Ich frage mich nur... empfiehlt sich das?«

»Hängt davon ab, was Sie ausgeben wollen.«

»Ich möchte nicht beschuldigt werden, ich hätte dazu beigetragen, die letzten fünf Ausgaben zu ruinieren«, erklärte Mackay sorgenvoll. »Er kippt vielleicht um und –«

»Ralph ist ein Profi. Er ist jeden Abend blau, und ich kann mich nicht entsinnen, daß schon mal eine Ausgabe danebengegangen wäre.«

»Das ist wahr.« Mackay rieb sich das Kinn und starrte auf ein Vorausexemplar der Zeitung auf einem Nachbarschreibtisch. Dann kann man es vielleicht riskieren. Ich stelle mich gern gut mit den Oberen. Was ist schon wieder mit den Bombenlegern? Noch eine Explosion?«

»Ich glaube, jemand hat eine halbe Tonne Schrott auf dem Nordgleis hinterlassen, zum Nachteil einiger Passagiere. Ken war unterwegs deshalb.«

Mackay griff nach dem Blatt und überflog die Meldung, bevor er die Zeitung wieder hinwarf.

»Mir wird übel, wenn ich sehe, was die Menschen miteinander machen«, sagte er. »Nach all den Jahren wird mir immer noch übel. Bin ich ein Sonderling?«

Connors zuckte die Achseln.

»Es zahlt sich aus, eine gewisse Immunität zu erwerben – narkotisierte Stellen, auf die man schmerzlos drücken kann. Das Leben wird dadurch einfacher.«

»Ist das Ihre Technik?«

»Ich würde das kaum eine Technik nennen. Eher das Heranzüchten soziologischer Antikörper. Wundert mich, daß Sie nach allem nicht selbst ein paar entwickelt haben.«

»Die große Überraschungstüte, das bin ich.« Mackay fügte niedergeschlagen hinzu: »Ich beneide Leute wie Sie. Sie haben die Ausrüstung, sich hervorzutun.«

Sarah drehte den Kopf auf dem Kissen und sah ihn an. Der Rauch seiner regungslosen Zigarette stieg zur Decke hinauf.

»Denkst du dir den ersten Absatz aus?«

»Hm?«

»Vom großen literarischen Knüller. Die Befreiungs-Formel.«

»He!« Er bewegte sich unter der Decke. »Das ist es. Getroffen, Sal. ›Die Befreiungs-Formel.‹ Ein bißchen gelehrtenhaft, aber ist das nicht der Trend?«

»Nein. Obszönitäten, das ist der Trend.«

»Dann trotze ich ihm.«

Sie lag da und schaute dem Rauch nach. Nach einer Weile sagte sie: »Wie ernst ist es dir eigentlich mit diesem Projekt, Peter?«

»Projekt?« sagte er scharf.

»Dieses Magnum Opus meine ich. Ist das etwas, das du wirklich erreichen willst, oder faselst du nur so lange davon, bis dir kein Mensch mehr glaubt und dich niemand mehr ernst nimmt?«

Er drückte seine Zigarette aus und starrte hinauf zur Deckenlampe und der Motte, die beharrlich immer wieder gegen den Schirm anflog.

»Ich will Unabhängigkeit.«

Sie runzelte die Stirn.

»Was für eine Unabhängigkeit?«

»Freiheit«, sagte er leise, »um nicht von anderen abhängig zu sein. Mit der Mütze in der Hand jede Woche um Lohn betteln gehen, das will ich nicht, aus.«

Sie bog sich ein wenig zurück, um ihn besser betrachten zu können.

»Das ist ja nicht gerade ein Verlangen, das einzigartig dasteht. In deinem Fall scheint es eher eine Reaktion zu sein. Wenn du nicht in das Geschäft deines Vaters eingetreten wärst –«

»Mit den psychologischen Untertönen bin ich vertraut.«

»Man kann vertraut mit ihnen und trotzdem ihr Opfer sein.« Sie strich eine Haarsträhne zurück. »Ich weiß nicht so sehr viel über dich, Peter, nicht einmal jetzt. Du scheinst deinem Vater die Schuld dafür zu geben, daß die Firma pleite gegangen ist, aber kann das nicht einfach Pech gewesen sein? Außerdem hast du Zeit genug gehabt –«

»Mich zu finden? Klar, Doktor. Ich hab' mich gefunden. Ich habe alles an mir jederzeit im Griff. Wer kann das schon von sich behaupten?«

»Ich weiß nicht«, sagte sie leise. »Niemand, glaube ich.«

Er warf ihr einen Blick zu.

»Ganz die junge Amateur-Psychiaterin heute, wie?«

»So? Ich dachte, ich bin eine nützliche Bettgenossin, für die vereinzelten Nächte, wenn nichts anderes anliegt.« Nach einer Pause fügte sie hinzu: »Das habe ich nicht so gemeint. Verzeih. Es ist nur... Manchmal ärgerst du mich. Mit deiner Einstellung.«

»Einstellung?«

»Eine Art Herablassung... so, als wärst du eine Stufe über der ganzen Menschheit, wo du herabblickst und zusiehst, wie wir uns plagen. Wahrscheinlich bin ich ungerecht.«

»Du bist sehr scharfsinnig.«

»Du empfindest also wirklich so? Manche Leute würden das als Arroganz bezeichnen.«

»Würden sie das?«

Sie verschränkte die Hände hinter dem Kopf.

»Ich bin auch für Unabhängigkeit«, sagte sie nachdenklich. »Ich bin von zu Hause weggegangen, weil ich sie da nie bekommen hätte – nur eine Vorspiegelung davon. Ich will nicht wegwerfen, was ich erreicht habe.«

Er legte die Hand über die Augen, um die Motte zu beobachten.

»Hört sich an wie der Abschied.«

»Ist es nicht. Nur, wenn du es willst. Ich bin bereit, zu warten – praktisch unbegrenzt –, bis du dahin kommst, wo du hinwillst, vorausgesetzt, ich bin mir sicher, daß du deinen Weg gewählt hast und ihn wirklich gehen willst. Aber wenn das alles nur heiße Luft ist –«

»Mein Weg ist festgelegt«, sagte er schläfrig. »Du gehörst mit dazu, Sal. Ich brauche dich am Ziel.«

Der erste Stock des ›Pheasant‹ mit Blick auf die Fleet Street war der anerkannte Ort für kurzfristig anberaumte Zusammenkünfte, weil man Platz hatte, unter sich war, gut bedient wurde und über ein Amtstelefon verfügte. Als Connors sich hineinzwängte, war

Mackays Party seit einer Stunde in vollem Gang und näherte sich dem Höhepunkt. Ein Plattenspieler hämmerte Cole Porter. In den Rauchschwaden war er kaum zu sehen. Mackay kam heran.

»Was trinken Sie, Peter?«

»Selbstbedienung?«

»Gern. Das Zeug steht da drüben, neben der kleinen Kolumnistin von der ›Fanfare‹. Alles Leckere in einer Ecke, nicht?« Mackay kehrte in das Getümmel zurück. Connors schlug sich zum Getränketisch durch.

»Probieren Sie den Punsch«, sagte dic Kolumnistin.

Er tat es wortlos. Sie setzte sich auf die Tischkante.

»Sind Sie der Achtundvierzigjährige?«

»Richtig, Carol. Und Sie sind die Zweiundfünfzigjährige?«

»Nur vor Redaktionsschluß.« Sie betrachtete das Gewühl. »Ist es das, was die Fleet Street aus uns macht? So einen verlorenen Haufen?«

»Wenn wir es zulassen.«

»Ich steige aus. Ich habe vier Jahre hinter mir, und man sieht es langsam. Jeder sieht das, nicht wahr, Peter?«

»Mit halbem Auge.«

Sie lächelte in ihr Glas.

»Immer zur Stelle mit einer Aufmunterung. Ich stehe hier und versuche herauszubekommen, was es ist, das Zeitungsleuten dieses zerknitterte Aussehen verleiht, so, als hätte man sie zu oft umgeblättert und gelesen. Irgendwelche Theorien?«

»Die Ihre klingt plausibel.«

»Aber sie ist ja auch ein plausibles junges Wesen.« Die Stimme ertönte hinter Connors' Nacken. Ralph Hunt, der sein Whiskyglas nachgefüllt hatte, trat zu ihnen. »Sie legt jede Woche eine Million Leser mit fünf Quatschthemen herein, also kann es nur am Stil liegen. Womit überzeugt sie denn jetzt wieder?«

»Wir haben über das lädierte Aussehen derer gesprochen, die Nachrichten beschaffen«, sagte Carol gelangweilt.

Hunt schaute sich um.

»Nun ja, wir handeln mit Katastrophen, also muß sich das irgendwo zeigen. Was ist das Gegenmittel?«

»Abstinenz«, sagte Connors.

»Leicht gesagt. Die meisten von uns wüßten nicht, wie sie sonst ihren Lebensunterhalt zusammenkratzen sollen.«

»Oder wollen«, meinte Carol.

»Ich dachte, Sie wollen aussteigen«, sagte Connors.

»Das sagen wir doch alle, nicht wahr, zweimal in der Woche? Wie der Rauschgiftsüchtige: morgen höre ich auf.«

»Ein paar von uns meinen es ernst.«

Hunt sah ihn prüfend an.

»Wie lange schon, Peter?«

Connors blickte hinüber zu Mackay, der Wodka trank und eulenhaft auf einen Redakteur vom ›Dispatch‹ blickte, der ganz offensichtlich einen schmutzigen Witz erzählte.

»Ich habe Pläne«, sagte er.

»Wer hat die nicht?« erklärte Carol süßlich.

»Wenn Zielstrebigkeit Bücher schreibt«, meinte Hunt und füllte sein Glas wieder, »habe ich das Gefühl, daß wir bald vom jungen Connors hören. Muß mal schnell mit Ronnie drüben reden. Auf später.«

»Sie schreiben ein Buch?« fragte Carol resigniert.

»O nein, du meine Güte, ich rede nicht gern darüber.«

»Dann reden wir nicht davon. Jeden Morgen bekomme ich mit der Post einen Stapel Briefe von Autoren oder Agenten oder Möchtegern-Ausgaben von beiden, die mich anflehen, ihre kostbaren Geistesprodukte zu erwähnen. Wenn jeder einen dicken Scheck für Spesen beilegen würde, wäre ich vielleicht zugänglicher, aber auch nicht viel.«

»Ich schicke Ihnen einen dicken Scheck, Carol.«

»Okay, und das Buch vergessen sie. Geht endlich jemand ans Telefon?«

Connors nahm den Hörer ab. Eine Stimme verlangte Joe Spencer, der in einer Ecke entdeckt wurde, zusammen mit einer Reporterin vom Londoner Büro eines Provinzblattes. Als er erfuhr, daß er gebraucht wurde, verließ er fluchend den Saal. Connors vertrat ihn. Carol schlüpfte in einen Mantel und ging. Die Rauchschwaden wurden immer dichter. Bill Mackay war verschwunden. Die übrigen Gäste standen mit Alkoholresten herum und beuteten entschlossen die letzten Vergnügungsmöglichkeiten aus. Connors ließ die Reporterin stehen und trat ans Fenster, unter dem Omnibusdächer vorbeiglitten.

»Wenn man verzweifelt wäre«, sagte Ralph Hunt, der plötzlich neben ihm auftauchte, »könnte man versucht sein, hier zum Fenster hinauszusteigen, geradewegs hinunter –«, er deutete mit dem Daumen, »auf ein dahinfahrendes Dach, um sich in die Nacht davontragen zu lassen, irgendwohin, solange es nur woandershin wäre.«

»Das Fluchtsyndrom.«

»Sie sagen es. Nur, in Ihrem Fall –«

»Ich bin nicht verzweifelt.«

»Nur versessen?«

»Wie ich immer wieder sage – ich sehe keinen Grund, nicht zu bekommen, was ich möchte.«

»Darüber wollte ich mit Ihnen reden.« Hunt hatte kein Glas mehr in der Hand. Sein Gesicht war zwar fleckig, aber er drückte sich klar und deutlich aus. Er schaute über die Schulter. Die Überlebenden der Party hatten sich am Getränketisch zusammengefunden und tauschten Klatsch aus; ein hagerer Reporter telefonierte mit seiner Redaktion und diktierte überfällige Zeilen zu einem Banküberfall. Hunt wandte sich wieder dem Fenster zu. »Bevor Sie freiberuflich arbeiten, oder was immer Sie vorhaben, wollen Sie Ihre Position konsolidieren. Finanziell. Um nicht darben zu müssen. Ist das richtig?«

»So ziemlich.«

»Wissen Sie auch schon, wie Sie das machen wollen?«

»Ein paar Ideen habe ich.«

»Aber nichts Schlüssiges?«

Connors sah einem Lastzug nach, der unten vorbeidonnerte.

»Warum fragen Sie?«

Nach einigem Zögern sagte Hunt: »Ich könnte Ihnen vielleicht etwas verschaffen.«

»Ich bin für alles Unehrliche zugänglich.«

»Das würde... gewisse Eigenschaften erfordern, von denen ich glaube, daß Sie sie besitzen. Ich kann mich irren.«

»Warum gehen wir nicht zu Fuß zurück?« schlug Connors vor. »Sie können es mir unterwegs erklären.«

Sie holten ihre Mäntel.

»Eine scheußliche Nacht«, sagte Hunt. »Wir könnten bei Mario Kaffee trinken, damit wir wieder lebendig werden.«

Marios Bar blieb geöffnet, bis der letzte Gast ging, was hieß, daß sie nie geschlossen wurde. Der Kaffee schmeckte miserabel, aber die Sitze waren gepolstert. Sie fanden einen Tisch ganz innen, und ein dunkelhäutiges Mädchen in gelben Jeans brachte dicke, braune Tassen ohne Unterteller, zu zwei Dritteln mit einer Flüssigkeit gefüllt, die aussah wie schlecht gemischte Tinte. Connors ließ Zukkerwürfel hineinsinken und sagte: »Läuft der Laden ohne Sie?«

»Steve Hassett ist da. Was ich sagen möchte, dauert nicht lange. Wenn ich einen Weg finde, es auszudrücken.«

»Bin schon gespannt.«

Hunt starrte finster in seine Tasse.

»Ich versuche zu entscheiden, wieviel von dem, was Sie mir neulich nachts gesagt haben, ernst gemeint war. Zum Beispiel, dieser eiserne Kern, über den Sie verfügen wollen. Man sagt so etwas, aber in neunundneunzig Prozent der Fälle –«

»Ich bin das eine Prozent.«

»Tja. Was würden Sie für sehr viel Geld tun?«

»Kommt darauf an, wie viel, wie schnell.«

Hunt legte die Hände um die Tasse und starrte zum Eingang.

»Mein Eröffnungszug vorhin, mit der Verzweiflung, war mehr als eine Redewendung. Ich bin zufällig selbst am Ende meines Lateins.«

Connors nickte höflich.

»Ich brauche Geld«, sagte Hunt. »Ich muß es haben. Ich bin bei den Buchmachern verschuldet, und man setzt mich unter Druck.«

»Und jetzt haben Sie einen Plan, Ihre Schulden abzudecken, indem Sie beim Grand National-Rennen absahnen?«

»Ich denke an etwas anderes.«

Connors wartete stumm. Hunt begann abgehackt weiterzusprechen.

»Ich kann nirgends Kapital aufbringen. Das Haus hat eine große Hypothek, ich habe kein Vermögen. Wenn ich morgen auf die Flasche und den Turf verzichten würde, was ich nicht kann, würde ich Jahre brauchen, um meine Schulden abzuzahlen. Warten Sie. Ich denke wirklich an etwas Bestimmtes.«

»Sie sagten, es gebe eine Möglichkeit –«

»Nicht durch mich allein. Aber mit Hilfe einer anderen Person.« Hunt schob seine Tasse weg. »Passen Sie auf. Was ich sage, müssen Sie als streng vertraulich behandeln, ob Sie zustimmen oder nicht. Kann ich mich darauf verlassen?«

»Ich bin Journalist«, sagte Connors. »Meine Quellen gebe ich niemals preis.«

»Ich will mehr von Ihnen. Absolute Geheimhaltung.«

»Reden langweilt mich.«

Hunt trommelte mit den Fingern auf die Tischplatte.

»Ich weiß einen Weg, wie ich an fünfzigtausend Pfund herankomme«, sagte er schließlich. »Wir könnten sie uns teilen. Halbehalbe.«

»Und was würde ich tun müssen?«

»Sie würden meine Frau umbringen müssen.«

7

»Warum haben Sie das nicht gleich gesagt? So eine Kleinigkeit.«

»Ich meine es ernst, Peter.«

Das dunkelhäutige Mädchen kam vorbei und warf einen Blick in ihre Tassen, bevor sie zur Theke zurückging. Draußen auf der Straße kam ein Lastzug infolge einer Verkehrsstockung mit zischenden Druckluftbremsen zum Stehen. Hunt wartete, bis der Lärm verklungen war.

»Todernst.«

Connors stützte einen Ellenbogen auf den Tisch und lehnte sein Kinn dagegen.

»Ihre Frau hat Geld?«

»Keinen Penny. Abgesenen von dem, was sie mit ihrem Reisedienst verdient.«

»Dann bin ich wahrscheinlich begriffsstutzig, aber ich begreife nicht –«

»Auf ihr Leben ist eine Versicherung über Fünfzigtausend abgeschlossen. Wenn ich sie aus dem Weg räumen könnte, und es sähe nach einem Unfall aus, würde ich kassieren.«

Connors begann leise zu lachen. Hunt hielt den Blick unverwandt auf den Eingang gerichtet. Als der Jüngere sich wieder beruhigte, sagte er: »Bin nicht sicher, ob Sie wirklich begriffen haben. Ich mache keine Witze.«

»Ich habe begriffen«, versicherte ihm Connors. »Ist Ihnen etwas klar, Ralph? Ich könnte hier rausgehen, zum nächsten Bullen marschieren und Sie anzeigen.«

Hunt schüttelte den Kopf.

»Man würde sagen, ich hätte Sie auf den Arm genommen. Man kann mich nicht verhaften, weil ich einen Witz über meine Frau gemacht habe.«

»Aber wenn sie später umgebracht wird?«

»Das wird sie nicht. Nicht ohne Ihre Hilfe.« Hunt starrte Connors plötzlich in die Augen. »Es gibt sonst niemand, den ich fragen könnte. Sie sind meine einzige Hoffnung, Peter. Ich habe es mit Ihnen riskiert. Richtig oder falsch, ich bin zu dem Schluß gekommen, daß Sie fähig wären, es zu tun – bei entsprechendem Anreiz. Wenn ich mich verrechnet habe, verliere ich die Aussicht auf eine große Summe Bargeld, das ist alles. Ich bin nicht schlechter dran.«

Connors betrachtete den rechten Handrücken.

»Der Anreiz würde sich auf Fünfundzwanzigtausend belaufen?«

»Für jeden von uns.«

»Würde Sie das retten?«

»Leicht. Könnten Sie damit in dem gewünschten Stil leben, während Sie Ihren Roman schreiben?«

»Nicht in dem Stil, den Fünfzigtausend ermöglichen würden«, sagte Connors langsam.

»Sie werden doch wohl nicht erwarten, daß ich alles herausrücke.«

»Ich weiß nicht. Sie wären die Verantwortung eines Ehemanns los.«

»Eleanor ist keine Belastung.« Hunt sprach mit leidenschaftsloser Stimme. »Sie ist auch keine besondere Inspiration. Sie bedeutet mir wirklich nichts. Und ich bin uninteressant für sie. Bald nach unserer Heirat begriffen wir beide, daß wir eigentlich nichts gemeinsam hatten. Ich wollte sie wohl aus Bedarf am Sex, sie wollte Sicherheit, und wir sind beide hereingefallen, also...« Er hob die Schultern. »Ich habe nach der Flasche gegriffen und mich den Pferden gewidmet, während sie sich ihr Geld selbst verdiente und anderswo Trost suchte. Ich mache mir da nichts vor. Sie hat jemanden, da bin ich sicher.«

»Wie kommen Sie darauf?«

»Durch die Art, wie sie sich manchmal benimmt. Mir ist das egal, wohlgemerkt. Ich bin da gleichgültig. Vergessen Sie die Idee, ich sei der eifersüchtige Mohr, der seine Desdemona abmurkst. Es geht nur um ein Geschäft.«

Connors beendete eine längere Gesprächspause.

»Diese Versicherung – wie lange läuft sie schon?«

»Ein paar Jahre.«

»Die Prämien müssen hoch sein. Ich dachte, Sie verbrauchen mehr, als Sie verdienen?«

»Ich habe die Policen immer bezahlt, egal, was kam.«

»Policen?«

»Für mein Leben auch eine. Ich dachte, das wäre ratsam. Für den Fall, daß sie argwöhnisch wäre.«

»Sie könnte sich auch in Ihrer Richtung Gedanken machen«, meinte Connors leichthin.

»Eleanor könnte keiner Fliege etwas tun.«

»Ich nehme an, es gibt eine Selbstmordklausel?«

»Die üblichen Bedingungen.« Hunt sah ihn kurz an. »Klingt so, als wollten Sie nicht von vornherein ablehnen.«

»Ich befasse mich gern näher mit den Dingen. Wir können das ja ganz hypothetisch bereden, nicht?«

»Das können wir.«

Drei Männer stapften herein. Das Mädchen stellte sich an ihren Tisch am Fenster und wartete, während sie berieten, ob sie Pizza oder Buletten nehmen sollten. Hunt beobachtete sie starr.

»Es müßte ihr etwas zustoßen, während Sie anderswo sind. Vorzugsweise in der Redaktion.«

»Das ist es.« Hunt sah ihm wieder ins Gesicht. Seine Miene war völlig ausdruckslos. »Ich habe vorsorglich etwas ausgearbeitet. Wollen Sie es hören?«

Connors stieß seine Wohnungstür mit dem Fuß zu und hängte den Mantel auf.

Draußen fiel ein Schneeregen, und der Eintretende beschmutzte den Teppichbelag. Er ging ins Wohnzimmer und schaltete den Heizkörper ein. Während dieser rot aufglühte, blieb er in der Kochnische, richtete Cracker und Käse und ein Glas heiße Milch her. Er stellte alles auf ein Tablett, trug es zur Wärmequelle und zog sich einen Sessel heran.

Er klappte den Deckel des Plattenspielers auf und warf einen Blick auf die dort liegende Schallplatte. Er schaltete das Gerät ein.

Moderne Jazzmusik tönte leise durch den Raum. Er ließ sich in den Sessel sinken und zog das Tablett näher heran. Er probierte die Milch, stellte das Glas hin, legte die Beine auf einen niedrigen Tisch, lehnte sich zurück und schloß die Augen, während er mit einem Finger den Takt zur Musik schlug.

Zwanzig Minuten saß er so da. Als die Platte zu Ende war, regte er sich, blickte auf die Milch und schnitt eine Grimasse wegen der Haut, die sich oben gebildet hatte. Er stand auf, ging zu einer

Kommode und holte einen Stapel Prospekte. Er ging sie durch, zog zwei heraus und ließ sich damit nieder.

Um drei Uhr früh legte er die Prospekte in die Kommodenschublade zurück. Er drehte sich um und lehnte sich nachdenklich an das Möbelstück. Dann kramte er in einer Tasche und zog eine Münze heraus.

Er wog sie in der rechten Hand, warf sie hoch und fing sie auf. Er klatschte sie auf den linken Handrücken.

»Kopf«, murmelte er. »So, so.«

8

»Mrs. Hunt? Hier Peter Connors. Ich habe jetzt die Details für Sie. Bis heute abend müßten Sie sie haben. Keinerlei Schwierigkeiten. Vielen Dank! Auf Wiedersehen.« Er legte auf und begegnete dem verzückten Blick Phil Maynards, der an seiner Schreibmaschine saß. Maynard hämmerte einen Satz herunter und starrte Connors wieder an, der den Arm schwenkte.

Maynards Blick wurde klar, und er sagte: »Hab' Sie nur als Fixpunkt benützt. Ich habe sieben – sechs Minuten Zeit, das da hinzukriegen.« Er tippte ein Wort und sah wieder auf. »Wann ist der nächste Ausflug in die Subtropen?«

»Sobald mich jemand einlädt.«

»Wenn Sie mal häuslich werden, vertrete ich Sie gern.« Maynard machte eine Pause. »Außer, Sie denken an jemand anderen.«

»An wen denn?«

»An Bekannte in der Branche?« Maynard warf einen Blick auf Connors' Telefon. »Sehr eng verbunden, die Touristikindustrie, wie man hört.« Mit schwachem Lächeln beugte er sich über die Tasten.

Connors stand auf und schlenderte hinaus. Er schloß die Tür hinter sich und blieb einen Augenblick stehen, eine kleine Falte zwischen den Brauen.

Er bog nach links ein und machte sich auf den Weg zur Rückseite des Gebäudes. Hier wand sich die Treppe spiralförmig um einen Mittelschacht, gesichert durch ein Metallgeländer. Im Vorbeigehen hieb er mit der Hand darauf.

Es gab merklich nach. Er blieb stehen und schaute hinunter. Der

Schacht führte zwei Stockwerke bis zum Kellerboden hinunter: Eine Tiefe von zehn Metern. Der Kellerboden war aus Beton. Direkt in Schachtmitte stand ein Elektrowagen für den Zeitungstransport. Die Hebel ragten nach oben.

Connors studierte alles ausgiebig. Er drehte sich um und schaute zu den Türen hinüber, die auf der anderen Seite zur Toilette und zum Kesselraum führten. Die steile Falte auf seiner Stirn wurde tiefer. Er lief die Treppe hinunter zum Erdgeschoß und ging den Flur entlang, vorbei an der Anzeigenabteilung, zum Haupteingang.

»Keine Mitteilungen, Smithy?«

»Nichts für Sie, Mr. Connors.«

Er entfernte sich, kehrte um und kam zu dem Verschlag zurück. »Ich bin eben die Hintertreppe heruntergekommen. Ist das Geländer denn wirklich sicher?«

Smithers hob den Kopf von seiner Zeitung.

»Was?«

»Scheint ein bißchen zu klirren.«

»Die Stangen sollen nachgeben, verstehen Sie?« erklärte Smithers. »Die sind biegsam. Da brauchen Sie sich keine Sorgen zu machen, Mr. Connors.«

»Nein? Na gut.«

Er kehrte über die Haupttreppe in den Redaktionssaal zurück. Phil Maynard telefonierte an seinem Apparat. Als er Connors sah, hielt er ihm den Hörer hin.

»Ralph Hunt, für Sie.«

»Peter?« Hunts Stimme klang metallisch. »Ich bin in einer Zelle. Wie steht es bei Ihnen im Augenblick?«

»Alles ruhig. Warum?«

»Können wir uns zum Essen treffen? Bei Ballard im Barbican. Ein Uhr.«

Nach kurzem Zögern sagte Connors: »Ich werde da sein.«

»Haben Sie noch über das – Besprochene nachgedacht?«

»Gehirntätigkeit ist mein Betriebskapital«, sagte Connors, als er sich über die Spargelcremesuppe beugte.

»Sie reden wie ein gottverdammter Romancier«, sagte Hunt gereizt. »Was soll das heißen?«

»Ich habe darüber nachgedacht.«

»Und?«

Connors riß eine Semmel auseinander.

»Ich denke immer noch nach.«

Hunt tauchte einen Löffel in die Suppe und ließ sie wieder zurückrinnen.

»Wie lange, glauben Sie, wird das dauern?«

»Ich kann Ihnen morgen meine Entscheidung mitteilen.«

Hunts Gesicht hellte sich auf.

»Das ist ein Wort. Wenn es von Nutzen ist, kann ich das nackte Gerüst der Idee noch etwas auskleiden.«

»Nur zu«, sagte Connors, mit seiner Suppe beschäftigt.

»Wie gesagt, das Ganze hängt an Eleanors Tagesablauf. Am Mittwoch- und am Freitagabend arbeitet sie immer die schriftlichen Anfragen von Kunden auf. Das können wir nutzen. Von sieben Uhr an verbringt sie zwei, drei volle Stunden hintereinander am Schreibtisch. Er steht in einer Nische im Wohnzimmer. Sie sitzt mit dem Rücken zur Tür. Das Haus –«

»Und wenn sie nun plötzlich etwas anderes macht?«

»Nicht Eleanor«, sagte Hunt ungeduldig. »Sie kennen sie nicht so wie ich.«

»Nein, wohl nicht.«

»Sie ist aus Nordengland, wissen Sie. Sinn fürs Geschäftliche, aber ziemlich phantasielos, kaum je eine Änderung in den Gewohnheiten. Dieser Nebenberuf in der Touristikbranche ist wichtig für sie; sie würde keinen Abend auslassen. Das Haus – Sie sind ja schon dort gewesen, nicht? – ist nur ein Reihenhaus, aber hinten ziemlich abgeschlossen. Sie können die Küchentür erreichen, wenn Sie vom Durchgang hinten durch den Garten gehen. Sagen wir, daß wir eine Stunde warten –«

»Wo kommt der Durchgang heraus?«

»Fünfzig Meter weiter, gegenüber Willow Crescent. Nicht beleuchtet. Unser Haus ist Nummer 5. Durch den ganzen Garten führt ein Plattenweg. Sie würden natürlich Handschuhe tragen, nicht?«

Connors legte den Löffel auf den leeren Teller und starrte einen Gast an, der Hunts Gesten beobachtete. Der Mann beugte sich verlegen über sein Steak.

»Ich glaube, daß es jetzt auch die Möglichkeit gibt, Handschuhabdrücke zu identifizieren. Aber das ist meine Sorge. Was ist, wenn es schneit?«

»Ich würde vorschlagen, daß Sie Stiefel oder Schuhe tragen, die

Sie hinterher wegwerfen, und als deren Eigentümer man Sie nicht identifizieren kann«, sagte Hunt nach einer Pause. »Fußabdrücke spielen keine Rolle. Es soll sich ja um einen zufällig Eindringenden handeln; da erwartet man, daß er von hinten hereinkommt.«

»Die Zeit?«

»Ich sagte schon, eine Stunde warten, bis Eleanor in die Arbeit richtig vertieft ist. Sie wären um acht Uhr an Ort und Stelle. Um 8.15 Uhr würde ich vom Büro aus anrufen und ein paar Minuten mit ihr reden, während Sie durch das Wohnzimmer schleichen, wo sie mit dem Rücken zu Ihnen sitzt, und ... das Erforderliche tun. Auf dem Weg nach draußen könnten Sie in der Küchentür eine Scheibe zerschlagen, damit man sieht, wie man sich Zutritt verschafft hat. Inzwischen –«

Der Kellner kam, um die Suppenteller abzuservieren.

»Mein Bekannter hat keinen Appetit«, sagte Connors.

»Ich esse mittags nie«, meinte Hunt.

Connors strich Butter auf ein Stück Semmel und wartete, bis sie wieder allein waren.

»Und was ist mit dem Hund?«

»Wenn Sie ganz ruhig durchgehen, wird Sam nicht mit der Wimper zucken. Er wird alt.«

»Aber wenn Ihre Frau ihn als Gesellschaft bei sich hat –«

»Dann würde er auf dem Teppich schlafen. Machen Sie sich seinetwegen keine Gedanken. Er ist apathisch.«

»Noch etwas: Angenommen, Ihre Frau meldet sich am Telefon und dreht sich beim Reden herum?«

»Tut sie nicht. Der Apparat steht auf dem Schreibtisch ganz hinten. Wenn man spricht, blickt man automatisch zur Wand.«

»Warum überhaupt anrufen? Das scheint mir ein schwacher Punkt zu sein. Es wirkt so gestellt. Könnte ich mich nicht einfach anschleichen, während sie arbeitet?«

»Das ist eine zusätzliche Sicherung. Sie könnten Pech haben und gerade hereinkommen, während sie herumgeht und etwas sucht.«

»Ich dachte, sie arbeitet bei diesen Gelegenheiten konzentriert durch?«

»Ich sage nicht, daß sie ununterbrochen am Schreibtisch klebt. Außerdem«, fügte Hunt mit einem hastigen Blick hinter sich hinzu, »gibt es für meinen Anruf noch einen zweiten Anlaß. Sie muß ja gefunden werden, während ich noch im Dienst bin, vergessen Sie das nicht. Das beste für mich ist, wenn ich höre, was geschieht, während ich am Telefon bin, so daß ich gleich Alarm schlagen kann.«

Connors dachte darüber nach und nickte dann. Der Kellner brachte Steaks mit Gemüse.

»Bei einem von uns ist unser Geld und Ihre gute Küche pure Verschwendung«, meinte Connors, als der Kellner servierte.

»Wir servieren ein kleines, leichtes Omelett, Sir, wenn Ihnen das lieber wäre?« sagte der Kellner zu Hunt.

In Hunts Gesicht zuckte es.

»Geben Sie mir das Steak«, sagte er kurz. »Ich werde tun, was ich kann.«

Connors machte sich über seinen Teller her. Hunt beobachtete ihn.

»Ihr Appetit scheint ungestört zu sein.«

Connors salzte sein Gemüse und hielt ihm die Büchse hin.

»Entweder man behandelt das als etwas Geschäftliches, oder man macht seinen Laden zu.« Er beugte sich vertraulich vor. »Wir sind alle dabei, einander zu vernichten, Ralph. Wir machen das auf tausend verschiedene Arten, schnell, mittel, langsam. Was wir beide in diesem Augenblick besprechen, ist einer der schnelleren Methoden. Ich bin der Auffassung, das kann um vieles humaner sein als eine ganze Reihe der erlaubten Methoden, wie, jemanden im Lauf der Jahre geistig abzustumpfen, ihn mit Essen vollzustopfen oder ihm den Beischlaf zu verweigern. Und mehr noch, unser Handeln wird zwei Menschen greifbare Vorteile bringen. Und das ist mehr, als man oft bei einem Todesfall sagen kann. Weshalb sollte ich da nicht essen können?«

Hunt hatte ihn beobachtet. Er griff nach dem Salz und sagte: »Sie müssen dieses Buch anpacken.«

»Alles der Reihe nach. Aber da ergeben sich noch ein paar Fragen. Sind Sie hundertprozentig sicher, daß die Versicherungsgesellschaft bei dieser Art von Ableben auszahlt?«

»Das ist in der Police gedeckt.«

»Zweitens: Ist Ihnen aufgefallen, daß ich Ihnen nicht nur die Hauptarbeit abnehme, sondern daß ich mich Ihnen auch ausliefere? Was für eine Garantie habe ich, daß Sie mich hinterher nicht ans Messer liefern und die ganzen Fünfzigtausend einstecken?«

Hunt starrte ihn an.

»Ich wäre Ihnen genau im selben Maß ausgeliefert. Woher könnte ich wissen, daß Sie es gewesen sind? Und welches Motiv hätten Sie haben können, außer dem einen, das es gibt? Und das deutet direkt auf eine Komplizenschaft mit mir.«

Connors klapperte mit dem Besteck und nickte.

»Wollte mich nur vergewissern, daß Sie die Dinge auch so sehen wie ich. Dann ist das Tonband bedeutungslos.«

»Tonband?«

Connors legte die Gabel weg und tippte auf die Aktentasche, die auf dem leeren Stuhl stand.

»Ich habe vorsichtshalber das Gespräch aufgenommen, wie ich das bei Interviews zu tun pflege. Da kann es später keine Streitigkeiten geben.«

Hunt drehte das Gesicht zur Seite und gab einen Laut von sich, der halb ein Zischen, halb ein Schnauben war.

»Sie sind gründlich. Das gefällt mir.«

Connors machte sich wieder über sein Steak her.

»Ich finde, das zahlt sich aus.«

Vor dem Lokal sagte Hunt: »Wir trennen uns hier. Hat keinen Wert, öfter zusammen gesehen zu werden, als unbedingt nötig.«

»Kommen Sie noch ein kurzes Stück mit. Ich möchte, was das Geld angeht, noch etwas klären.«

Sie gingen über eine Fußgängerbrücke in Richtung Paulskirche. Hunt sagte bedächtig: »Es würde eine Weile dauern. Von heute auf morgen geht das nicht.«

»Aber wenn es ausbezahlt wird, dann auf Ihr Bankkonto, nehme ich an?«

»Zunächst ja, gewiß. Dann könnte ich Ihnen Ihren Anteil auszahlen.«

»In bar. Große Scheine.«

»Schon verstanden. Ab hier lasse ich Sie allein.« Hunt blieb schlagartig stehen. »Wir sehen uns ja. Wenn Sie reden wollen – ich meine *reden* –, deuten Sie es mit Wort oder Geste an, und ich arrangiere das. Heute ist Donnerstag. Morgen zu früh?«

»Ja, zu früh.«

»Dann also nächste Woche. Ich melde mich.« Sein Blick glitt zur Aktentasche. »Achten Sie auf Ihr Handgepäck«, sagte er trocken. Dann wankte er davon.

9

»Alles geregelt mit Jim und Monica?«

Eleanor nickte.

»Sie holen mich um sieben ab.«

»Was seht ihr euch an?«

»Eine Komödie im ›Classic‹. Die Vorstellung ist zwanzig vor elf aus.«

»Inzwischen wirst du eine reiche Witwe sein.«

»Peter... wenn nun etwas schiefgeht?«

»Du weißt ja, wie man das nennt, nicht? Negative Einstellung. Überlaß alles mir. Wenn auch nur die geringste Gefahr auftaucht, verschiebe ich das Ganze. Wir verlieren nichts, außer einigen Tagen.«

»Bei dir klingt das alles so einfach.«

»Habe ich nicht gesagt, daß es das sein muß?«

»Wenn es nur eine andere Möglichkeit gäbe...«

Er legte beruhigend den Arm um sie. »Die gibt es nicht. Darüber sind wir uns einig gewesen. Außer, es wäre ein reicher Verwandter da, der im Sterben liegt – und der ist nicht vorhanden, oder?«

»Nur Jane.«

»Jane?«

»Meine ältere Schwester. Sie wohnt in unserer Gegend.«

»Verheiratet?«

»Nein. Sie lebt allein.«

»Begütert?«

»Das nehme ich kaum an. Sie ist Sekretärin. Alles, was sie besitzt, würde wahrscheinlich ich erben..., aber sie ist kerngesund.«

»Wir haben also keine andere Wahl, nicht wahr? Also, paß auf! Von morgen an melde ich mich eine Weile nicht bei dir, abgesehen von einem höflichen Kondolenzbrief. Du hast die trauernde Witwe zu spielen und wartest ab, bis du von mir hörst. Nach einiger Zeit statte ich dir Besuche ab.«

»Wie lange?«

»Lange genug, bis die Police ausbezahlt ist. Ich werde als geldgieriger Freier erscheinen, aber was macht das? Für Geldgier wird man nicht bestraft..., noch nicht.«

Sie lehnte den Kopf an seine Schulter.

»Das einzige, was mich aufrechterhält, Liebling, ist der Gedanke, mit dir zusammen sein zu können.«

Er strich ihr übers Haar.
»Es wird spät«, sagte er. »Ich fahre dich zurück.«

Als Connors seine Aktentasche zuklappte, läutete das Telefon. Er nahm die halbvolle Tasse Kaffee mit zum Apparat.

»Hallo, Liebes. Du hast mich eben noch erwischt. Vor einer halben Stunde hätte ich schon in der Redaktion sein sollen.«

»Dann halte ich dich nicht auf.« Im Telefon waren außer Sarahs Stimme noch Ladengeräusche zu hören, Schritte, das Klingeln einer Registrierkasse. »Ich habe Karten für die Neue Komödie im Garrick – mit Esther Dunn. Die gefällt dir doch, oder? Willst du mitkommen?«

»Wann?«

»Heute abend.«

»Kann nicht, Süßes. Ich muß zu einem Seminar.«

»Könntest du nicht ausnahmweise mal mit jemandem tauschen?«

»Das ist eine Sache, bei der es auf persönlichen Kontakt ankommt. Worldwide Trips, die Charterfluggesellschaft. Die größte, die es gibt. Ich bin dauernd dahinter her, mit denen ins Geschäft zu kommen.«

»Ach so. Dann kannst du nicht absagen.«

»Wie wär's mit Montag?«

»Montag? Wieso?«

»Mein nächster freier Abend.«

»Die Karten sind für heute abend.« Ihre Stimme klang fern.

»Schade. Dann sehen wir uns auf jeden Fall am Montag, ja?«

»Ich weiß nicht, was ich da vorhabe«, sagte sie nach einer Pause.

»Das will ich dir sagen. Du öffnest deine Tür einem erschöpften, überarbeiteten –«

»Ein Kunde..., ich muß gehen.« Sarah legte auf.

Connors stand regungslos da. Seine Hand und der Hörer zitterten leicht. Er legte auf, drehte sich um, griff nach seinem Mantel, zog ihn an und knöpfte ihn langsam und gedankenverloren zu. Er hob die Aktentasche auf, ging zur Tür, blieb stehen und kehrte um. Er nahm den Hörer ab und wählte.

»Ah, hallo, Schätzchen. Wir sind getrennt worden. Ich dachte –«

»Nein, ich habe aufgelegt. Ich bin sehr beschäftigt, Peter.«

»Wegen Montag –«

»Bedaure, aber am Montag bin ich vergeben.«

»Sei doch nicht so, Kind. Es tut mir leid mit heute abend.«

»Es spielt wirklich keine Rolle, ehrlich«, sagte Sarah ein wenig atemlos. »Ich gehe wahrscheinlich mit jemand anderem.«

»Mit wem?«

»Kennst du sicher nicht.«

Er schwieg einen Augenblick.

»Ich möchte dich am Montag gern sehen, Sal.«

»Am Montag geht es leider nicht.«

In der Buchhandlung rief jemand etwas im Hintergrund. Connors umklammerte den Hörer, daß seine Knöchel weiß hervortraten.

»Und am Dienstag?«

»Du kannst ja jederzeit telefonieren«, sagte sie. »Ich sehe dann schon, ob ich es einrichten kann.«

Das Gespräch wurde unterbrochen, in der Leitung knackte es.

Connors verließ die Wohnung und ging zu seinem Wagen. Der Schlüssel wollte nicht ins Schloß hinein. Um ihn dazu zu bewegen, mußte er ihn mit der linken Hand stützen. Das Zündschloß machte ähnliche Schwierigkeiten. Als der Motor endlich ansprang, umklammerte er das Lenkrad und starrte mit schiefem Mund auf die baumbestandene Straße.

Er blieb mehrere Minuten so sitzen. Endlich legte er den ersten Gang ein, riß das Lenkrad herum und fuhr zum Randstein gegenüber. Dabei hinterließ er Reifenspuren im Gras und streifte außerdem einen Baumstamm. Ohne an der Kreuzung anzuhalten, bog er nach links ein und fuhr hinaus auf die Hauptstraße, zwängte sich in eine Lücke zwischen zwei Autos, beschleunigte und ließ die Wagen hinter sich. Hinter ihm wurde wild gehupt.

In der Redaktion wartete Bill Mackay auf ihn.

»Mein Glückwunsch, Kumpel. Ich bin Ihnen als Begleiter bei einem Sonderauftrag über Polizeikorruption in West London zugeteilt. Wir haben drei Tage, um das aufzubauen.«

Connors ging zu seinem Schreibtisch und warf die Aktentasche hin. »Warum ich?«

»Warum nicht? Doug Harper hat mir gesagt, ich soll mir jemand aussuchen. Ich dachte, Ihre gewinnende Art könnte nützlich sein. Ich bin das Muskelpaket.«

»Was kann ich, das Sie nicht könnten?«

»Für den Anfang mal einen Teil der Arbeit übernehmen«, sagte Mackay gelassen. »Wir müssen Dutzende von Interviews machen.

Mit Hilfe von Ken und einem oder zwei anderen habe ich eine Liste verdächtiger Kontaktleute zusammengestellt, die uns ein paar Hinweise geben könnten. Ein paar davon sollen angeblich zu Indiskretionen verleitet werden können. Dann ist da –«

»Was spricht gegen den jungen Maynard? Der sitzt doch oft tatenlos herum.«

Mackay setzte sich auf Connors' Schreibtisch und zog eine Pakkung Zigaretten heraus. Bedächtig zündete er sich eine Zigarette an.

»Phil hat mit den Bombenlegern zu tun. Er ist voll ausgelastet. Ich dachte, wir beide könnten ein gutes Team abgeben.«

»Klar, Boss.« Connors spielte an seiner Schreibmaschine herum. »Wann wollten Sie denn anfangen?«

»Jetzt gleich.«

»Ich habe heute abend einen festen Termin.«

»Den soll jemand anders übernehmen. Frances wird begeistert sein.«

»Nein, ich gehe selbst hin.«

Mackays Gesicht wurde hart.

»Um was geht es – einen Flug nach Kapstadt?«

»Ich bin persönlich eingeladen. Ich habe zugesagt.«

»Seit wann entwickeln Sie Prinzipien bei den Pauschalreisenhändlern?«

»Ich behandle sie fair. Sie vertrauen mir.«

»Wie wär's, wenn Sie den ›Chronicle‹ fair behandeln würden?«

Connors starrte auf die Tastatur. Mackay stand auf und sagte: »Die Liste liegt auf meinem Schreibtisch, wenn Sie so freundlich sein wollen, sie sich anzusehen. Das könnte ein Knüller werden, Peter. Wenn die Hinweise zutreffen, die wir bekommen haben, geht es um Riesenbeträge.«

»Schaut für uns etwas heraus dabei?«

»Die Artikel erscheinen unter unseren Namen.«

»Mensch, phantastisch.«

»Dann können Sie sich hinterher hinsetzen und die Bestseller-Taschenbuchausgabe schreiben«, meinte Mackay gutmütig. »Ich serviere es Ihnen auf dem Silbertablett.«

Connors hob den Kopf.

»Solange feststeht, daß ich heute abend zu der Veranstaltung gehe.«

*

Beim chinesischen Essen in Acton teilte Mackay die Arbeit im Hinblick darauf ein, was sie unter Bedingungen strengster Geheimhaltung vom Geschäftsführer eines Tanzlokals erfahren hatten.

»Wie Sie vorgehen, ist Ihre Sache«, sagte er zu Connors und schob seinen Teller mit britischen Eiern und Schinken beiseite, um Platz für den Notizblock zu haben. »Ich neige dazu, es zuerst bei den Farbigen zu versuchen. Das wird eine Weile dauern. Die meisten halten dicht. Manche erreichen wir erst nachts, wenn sie aus ihren Löchern kriechen. Aber hier und dort könnten wir Glück haben. Jemand, der sauer ist... In so einer Kette muß es schwache Glieder geben. Es hängt von uns ab, sie zu finden.«

»Warum sollte überhaupt jemand reden?« fragte Connors.

»Sie meinen, warum die Gans umbringen, die die goldenen Eier legt? Na, da wäre einmal die Mißgunst, wie gesagt. Und die Angst. Sehen Sie sich den Tanzlokalkönig an, mit dem wir gesprochen haben. Er hat gut verdient dabei..., aber jetzt fürchtet er offenbar, daß er überhand nehmen könnte. Deshalb ist er zu uns gekommen.«

»Wir werden den Leuten zum Teil etwas anbieten müssen.«

»Ja, aber nicht übertreiben. Haben Sie genug Geld bei sich?«

»Hängt davon ab, was zur Zeit für Informationen verlangt wird. Die Inflation wirkt sich aus.«

»Richtig.« Mackay starrte die Speisekarte erbost an. »Um eine Geste zu machen, bezahle ich hier. Danach sind Sie auf sich selber gestellt.«

Sie trennten sich vor dem Lokal. Connors hielt sich an die Liste und suchte die Adressen in Southall und Hayes auf, traf aber auf eine Mauer höflichen Schweigens. Der fünfte Name führte ihn zu einem Einfamilienhaus am Stadtrand von Hayes, wo ein Westinder im grauen Anzug ihn hereinbat und eine Stunde lang flüssig und verbittert redete. Connors setzte danach zwei weitere Namen auf seine Liste, fuhr zu einer abgelegenen Stelle und spielte das Tonband in seiner Aktentasche ab, bevor er sich Notizen machte. Inzwischen war es fünf Uhr geworden. Er fuhr zurück in die City.

Er stellte den Wagen an einer Parkuhr in der Nähe der Themse ab, setzte sich in ein Pub beim Strand und genehmigte sich Bier und belegte Brote. Als er herauskam, fiel Schneeregen. Er nahm eine Abendzeitung mit ins Auto und las eine halbe Stunde. Um acht Uhr fuhr er zur Hauptverwaltung von Worldwide Trips in

Kingsway, parkte dort in der Nähe und kam zu Fuß an, mit einer Plastiktasche in der Hand.

In einem Zimmer in der oberen Etage waren plakatgroße Farbfotos von Passagierschiffen und Jumbo-Jets zu sehen. Er ließ sich von einem Mädchen mit strahlendem Lächeln und leeren Augen einen Martini geben und gesellte sich zu denen, die schon an den Ständen entlanggingen, mit einem Glas in der Hand.

»Guten Abend, Ursula.«

»Hallo, Peter. Dachte mir schon, daß Sie kommen.« Ursula war eine kleine, stämmige Frau um die Vierzig mit silbrigen Haaren und einer gewissen durstigen Lebhaftigkeit. »Zu essen gibt es nichts, mein Lieber. Falls Sie darauf gehofft hatten.«

»Meine Gedanken, Miss Chalmers, erheben sich gelegentlich über die Ebene des Magens. Ich habe vor, ausführlich über die Leute zu schreiben.«

»Die werden mehr als genug herausgestellt«, sagte sie unzufrieden.

»Vor allem von ›Weite Horizonte‹. Sie nehmen uns anderen die Butter vom Brot.«

»Aber Ursula ist ja auch ein Profi im Geschäft.« Eine patriarchalische Gestalt hatte sich ihnen zugesellt. »Nicht wie Sie und ich, Peter, die am Rand herumknabbern. Sagen Sie, Ursula – wird heute was verteilt?«

»Selbst wenn, Frankie, hätten Sie doch keine Zeit, zu den Bahamas zu fliegen.«

»Ich weiß nicht. Mein Chef gibt mich schon eine Woche frei, wenn ich ihm keine andere Wahl lasse.« Franklyn Delcroft vom *›Citizen‹* betrachtete Connors über seinen Gin-and-Tonic hinweg mit wässrigen Augen. »Und Sie?«

»Ich fahre einfach.«

»Und wenn Sie zurückkommen, stellen Sie fest, daß niemand Sie vermißt hat?« Delcroft lachte laut und spuckte ein kleines Stück Zitrone auf eine Farbaufnahme von Athen.

»Das gibt hier ein Gedränge«, sagte Ursula gereizt. »Man sollte die Zahl reduzieren. Bleibt ihr beide zur Filmvorführung?«

Man verteilte Prospekte und kündigte Redner an. Die Journalisten gingen in einen Nebenraum, wo Stühle vor einer Filmleinwand aufgestellt waren. Ein junger Mann mit unmodern geschnittenen, glatten, weizenblonden Haaren griff nach Connors' Ellenbogen.

»Kommen Sie nicht mit, Mr. Connors?«

»Gleich.« Er deutete auf die Herrentoilette. »Wie lange ist Fragestunde, Clive?«

Der junge Mann gab ihm einen Handzettel.

»Mr. Belvedere wird sich bis zu einer Stunde mit Fragen zu den neuen Sommerprogrammen befassen, vor allem, was Europa betrifft«, sagte er. »Dann die Filmvorführung, auch eine Stunde. Schließlich –«

»Ich möchte anschließend mit Ihrem Mr. Belvedere sprechen. Mich interessiert alles, was ihr für die Schweiz vorgesehen habt.«

Clives Unterkiefer klappte herunter.

»Für Sie ist das doch ein alter Hut, nicht? Aber gern«, fügte er hastig hinzu. »Reden Sie ruhig mit dem Chef. Ich vereinbare das für nachher, wenn Sie wollen.«

»Wäre dankbar.« Er tätschelte den Arm des jungen Mannes und entfernte sich.

Clive rief ihm nach: »Soll ich das für Sie abstellen?«

»Ich behalte es, danke.« Er nahm die Tasche mit in die Toilette.

Der Mann von gleichem Wuchs, der einige Minuten später herauskam, hatte Haare von anderer Farbe und anderem Schnitt, trug eine Brille und einen hellen Regenmantel. Die Tasche trug er in der Hand. Aus dem Nebenraum hörte man Stimmen; die Vorführstände waren leer. Er stieg unbemerkt die breite Treppe hinunter und verließ das Gebäude.

10

Am Hintereingang des ›Chronicle‹-Gebäudes gab es eine Auseinandersetzung.

Ursache war ein Lieferwagen der Nachbarfirma, der die Zufahrt versperrte. Vertriebsfahrzeuge der Zeitung standen in einer Kolonne und wollten hinaus. Ein Wagen stand so im Hintereingang, daß man sich nicht hindurchzwängen konnte.

Eine Gruppe von Männern stritt mit dem Lieferwagenfahrer. Auspuffgase verpesteten die Luft. Connors wartete ungeduldig.

Der Fahrer beugte sich herüber und kurbelte das Fenster herunter.

»Wollen Sie rein? Dann sagen Sie ihm, er soll seine Karre wegschaffen.«

Connors nickte und blieb, wo er war.

Motoren begannen aufzuheulen. Als der Lieferwagen in einen Vorhof zurückstieß, setzte die Kolonne sich in Bewegung. Connors wartete, bis das letzte Fahrzeug hinausbrauste. Als die Zufahrt frei war, schlüpfte er ins Haus.

Die Hintertreppe war verlassen. Vereinzelte Glühbirnen gaben schwaches Licht. Er stieg zum ersten Stock hinauf. In der Ferne hörte er, wie Türen zugeschlagen wurden, wie Stimmen durcheinanderklangen; das Haus vibrierte im Rhythmus der Rotationsmaschinen im Keller. Mit einem Blick auf das Geländer öffnete er die Tür zum Kesselraum.

Das Innere war von Tanks und Rohren fast ganz ausgefüllt. Er schlich hinein und drückte die Tür bis auf einen Spalt zu, so daß er den Treppenabsatz zum Teil überblicken konnte. Die Tasche stellte er auf einen der Tanks, öffnete den Reißverschluß und zog einen schweren Felgenheber heraus, den er in der rechten Hand wog. Im Licht, das durch den Spalt drang, schaute er auf die Uhr. Er wartete.

Das Geräusch des Aufzugs, der am anderen Ende des Gebäudes auf- und abfuhr, drang in Abständen zu ihm, wobei die Gitter klirrten, während Schritte sich entfernten.

Mit der freien Hand tastete Connors seinen Kopf ab: die Perücke war nicht verrutscht. In der Wärme stieg Dampf von seinem nassen Regenmantel auf, der ihm den Atem benahm.

Schritte näherten sich. Er umklammerte den Felgenheber fester. Die Schritte waren schnell und sicher. Er beobachtete das Ende des Flurs.

Eine energische Gestalt erschien. Bates, der zweite Hausmeister, war ein Mann von fünfzig Jahren, beim Angriff auf den Suezkanal dabeigewesen, ein Muster an Tüchtigkeit. Er marschierte zur Treppe und blieb dort stehen.

Connors wich zurück. Die Schritte von Bates änderten die Richtung und kamen auf den Kesselraum zu. Connors stellte die Tasche auf den Boden und zwängte sich zwischen zwei Kessel.

Die Tür wurde mit einem dumpfen Knall geschlossen.

Die Schritte entfernten sich wieder und verklangen auf der Treppe.

Connors tastete in der Dunkelheit herum. Seine Fingerspitzen fanden nichts, was sie hätten greifen können. Das Innere der Tür war völlig glatt und paßte genau in den Rahmen. Methodisch suchte er weiter. Durch den Spalt am Boden drang Licht vom Treppenabsatz herein. Er kauerte nieder, schob die Finger hinein und zerrte daran. Die Tür bewegte sich nicht.

Er zog Streichhölzer aus der Tasche, zündete eines an und hielt es hoch. Im Licht sah er die Falle, einen runden Bolzen, mit einer Feder in der Vertiefung festgehalten. Er versuchte es mit der Nagelfeile aus seinem Kammetui; die Feder war zu stark. Der Felgenheber war zu dick und damit nutzlos.

Draußen ein Geräusch, das ein Schritt sein mochte. Er lauschte.

Nichts. Wieder kauerte er sich nieder und zwängte seine Finger, so gut es ging, unter die Tür, stemmte ein Knie gegen die Wand. Er riß mit aller Kraft an.

Die Falle schnappte heraus. Er schürfte sich die Knöchel am Boden auf und unterdrückte mit Mühe einen Aufschrei. Er stand auf. Der Treppenabsatz war wieder sichtbar, noch immer verlassen, und das Geländer um den Treppenschacht gähnte stumpf im trüben Licht. Er drückte die Tür wieder bis auf einen Spalt zu, ergriff den Felgenheber und wartete.

Ursula Chalmers schaute sich um.

»Wohin sind Sie denn entschwunden?«

»Ich saß ganz hinten«, erwiderte Connors. »Filmvorführungen sind schlecht für meine Augen.«

»Filme wie die sind schlecht für den Verstand«, sagte Franklyn Delcroft ätzend. »Wie kann eine achtbare Firma uns weismachen wollen, daß in einem Urlaub nie etwas schiefgeht? Das ist unehrlich.«

»Sie können kaum erwarten, daß man eine Serie von Katastrophen vorführt.«

»Nein, aber eine Spur von Wirklichkeit –«

»Das ist nicht ihre Branche.«

Ursula lachte auf. Clive stürzte sich auf Connors und brachte ihn zu Mr. Belvedere, der ihm Unterlagen über Flüge nach Zürich zeigte und anbot, für den nächsten Presseausflug ein Ticket zu schicken. Connors schüttelte ihn nach zwanzig Minuten ab und fand Ursula auf einem Ledersofa in der Halle, in einen Pelzmantel gehüllt.

»Können Sie sich nicht losreißen?« sagte Connors.

»Es schneit. Ich warte auf ein Taxi.«

»Dann biete ich Ihnen nicht an, Sie mitzunehmen. Mein Wagen ist weit weg.«

»Sie können sich mit meinem Taxi hinbringen lassen«, bot sie an.

»Zu Fuß geht es schneller.«

»Passen Sie auf das Ding da auf. Was schleppen Sie es eigentlich den ganzen Abend herum? Sie hätten es dem Mädchen geben können.«

»Auch wahr«, sagte er.

In der Redaktion des ›Chronicle‹ herrschte Geschäftigkeit. Connors sagte zu Phil Maynard: »Haben Sie Bill gesehen?«

»Er hat angerufen und wollte wissen, ob Sie dagewesen sind. Er meldet sich morgen.«

»Peter.« Eine hagere Frau sah von ihren Archivunterlagen auf. »Vor ein paar Minuten hat jemand angerufen. Eine Frau. Es sei wichtig, sagte sie, aber sie wollte ihren Namen nicht nennen.«

»Soll ich zurückrufen?«

Sie zuckte die Achseln.

»So viel hat sie mir nicht anvertraut.«

Connors tippte schnell einen Artikel über die revolutionären, narrensicheren Flugreisen von Worldwide Trips für die nächste Frühausgabe, legte ihn auf die Seite, tippte ein paar Zeilen und zog das Blatt in Mackays Maschine ein. Um Mitternacht verließ er die Redaktion und fuhr heim.

Als er die Wohnung betrat, läutete das Telefon.

»Peter – ich habe versucht, dich zu erreichen. Es war –«

»Rufst du von zu Hause an?«

»Ralph ist im Bett. Es gibt keinen Zweitanschluß, er kann nichts hören. Hör zu: Er ist zwar in die Redaktion gefahren, fühlte sich aber nicht wohl und kam wieder heim. Ich konnte dich nicht verständigen.«

»Verstehe. Nichts zu machen.«

»Das ist noch nie vorgekommen. Ich konnte kaum –«

»Wir vereinbaren etwas Neues. Bist du im Kino gewesen?«

»Nein, ich habe abgesagt. Tut mir leid, Peter.«

»Nicht deine Schuld, oder? Mach dir keine Gedanken.«

»Dann gute Nacht.«

»Gute Nacht.«

Mit beiden Händen legte er den Hörer auf die Gabel. Er starrte eine Weile auf ein Bild an der Wand, ohne es zu sehen. Zweimal nahm er den Hörer ab, nur um wieder aufzulegen. Beim drittenmal behielt er ihn am Ohr und wählte Sarahs Nummer. Das Freizeichen ertönte.

Als es aufhörte, legte er auf.

11

»Ist das alles?« fragte Mackay, als er den Text überflog.

Connors überholte ein Taxi.

»Kein sehr lohnender Nachmittag, das gebe ich zu. Meistens erfuhr ich gar nichts.«

»Verstehe.«

»Haben Sie mehr Glück gehabt?«

»Ich habe mich vielleicht länger damit befaßt.«

»Ich war dahinter her, bis ich zu der Veranstaltung fahren mußte.«

»Freut mich, daß Sie das geschafft haben.«

»Habe ich doch gesagt.«

Mackay steckte das Blatt ein und lehnte sich zurück.

»Ich hatte ein paar interessante Stunden«, erklärte er. »Der erste, mit dem ich sprach, brachte mich auf den Spielsalon in der Nähe vom Ealing Broadway, wo ich einen Farbigen traf, der illegal ins Land gekommen war und daher sehr ängstlich wirkte. Nach seinen Angaben ist der Spielklub die Tarnung für jede Art von Laster, die Sie sich vorstellen können, und ein paar dazu, wo es Ihnen schwerfallen würde. Namen wollte er nicht nennen. Armer Kerl, man kann es ihm nicht verdenken, er sitzt zwischen zwei Stühlen. Aber er äußerte sich ganz entschieden: Das Ganze geht nur, weil gewisse Schlüsselfiguren der zuständigen Polizeidienststelle am Gewinn beteiligt werden.«

Connors lenkte den Wagen nach links.

»Immer die alte, langweilige Geschichte.«

»Nein«, sagte Mackay scharf. »Das ist anders, weil es viel umfassender ist. Wir reden hier nicht von fünfzig Pfund da, fünfzig Pfund dort. Wir reden von Tausenden und Zehntausenden. Polizeibeamte, Peter, die ein Vermögen kassieren. Wenn wir irgend jemand dazu bringen könnten, Namen zu nennen –«

»Kein Mensch wird so etwas auffliegen lassen.«

»Bei Ihrer Einstellung haben Sie vollkommen recht«, sagte Mackay aufgebracht. »Wollen Sie mit mir weiterarbeiten?«

»Wollen Sie es?«

»Das dachte ich zuerst. Ich bildete mir ein, ich täte uns beiden einen Gefallen. Aber Sie sind nicht interessiert – nicht wahr, Peter?«

»Offen gesagt, nicht besonders.«

Mackay schaute zum Fenster hinaus.

»Ganz gut, daß wir das jetzt gleich klären. Ich mache dann allein weiter. Okay? Sie können Doug gegenüber jede Ausrede gebrauchen, die Ihnen einfällt.« Sein Tonfall änderte sich. »Was ist denn los, Kumpel?«

»Vielleicht hab ich genug von solchen Geschichten.«

»Sie schreiben lieber Ihre eigenen. Sicher. Das ist auch eine alte, langweilige Geschichte, wenn ich das sagen darf. Aber trotzdem viel Glück, soviel das wert ist. Ich hätte nur vorgezogen, daß Sie mir reinen Wein einschenkten, bevor wir angefangen haben.«

»Ich hatte den Eindruck, das hätte ich getan.«

Mackay sah ihn scharf an.

»Ich hatte nicht begriffen, daß Sie es darauf abstellen, hinausgeworfen zu werden.«

Connors gab Gas. Mackay schaute sich um.

»Das ist aber ein seltsamer Weg nach West London.«

»Ich will zuerst noch jemand besuchen. In Ordnung?«

»Durchaus nicht. Setzen Sie mich da ab.« Mackay deutete auf eine U-Bahn-Station. »Ich sagte, ich mache allein weiter, meinetwegen auch, was das Verkehrsmittel betrifft. Sie können tun, was Sie wollen.« Als der Wagen hielt, stieg er aus, drehte sich auf dem Bürgersteig aber noch einmal um. »Ich werde kein Wort sagen, Peter – nicht zu Doug oder sonst irgend jemand. Kümmern Sie sich selbst drum. Danke fürs Mitnehmen.« Er marschierte auf die Station zu.

Connors fuhr zur Edgware Road. Nachdem er eine Parkuhr gefunden hatte, mußte er zehn Minuten bis zur Buchhandlung gehen, in der samstägliches Gewühl herrschte. Er zwängte sich zur Theke durch. Eine Frau mit breitem Gesicht, spitzer Nase und lila Haaren lächelte freundlich.

»Ist Miss Kingswell da?«

Das Lächeln wurde schwächer.

»Ich – weiß nicht – genau. Kann ich etwas für Sie tun?«

»Ich war der Meinung, sie sei samstags hier.«

»Hat sie ein Buch für Sie bestellt?«

»Ich möchte sie nur sprechen.«

Das Lächeln verschwand.

»Tut mir leid, das geht nicht, wenn sie nicht da ist. Versuchen Sie lieber –«

Jemand neben Connors hielt ein Taschenbuch hin. Die Frau griff danach, schaute auf den Preis, steckte das Buch in eine Papiertüte, ließ sich einen Geldschein geben. Connors blieb an der Kasse stehen.

»Ist sie krank?«

Die Frau gab Kleingeld heraus.

»Hören Sie, Sir, ich habe keine Zeit, mich mit Ihnen über das Personal zu unterhalten. Wenn Sie Miss Kingswell sprechen wollen, schlage ich vor –«

»Ich verlange nicht, daß Sie sich mit mir über sie unterhalten. Holen Sie sie einfach her.«

»Wenn Sie sich so benehmen, muß ich den Geschäftsführer rufen.«

»Ich möchte Miss Kingswell sprechen.«

Die Kunden begannen aufmerksam zu werden. Die Frau wich zurück, eine Hand auf der Brust.

»Wenn es sich um etwas Persönliches handelt –«

Sarah kam hinter ihr mit einem Stapel Bücher durch die Tür. Die Frau stöhnte leise. Connors ging an der Theke vorbei. Sarah sah erschrocken auf und ließ zwei von den Büchern fallen. Er schob sie mit der Schuhspitze weg.

»Will mit dir reden.«

»Ich dachte, du rufst am Dienstag an.«

»Seit wann muß ich mich anstellen?«

Sie bückte sich, um die Bücher aufzuheben. Als sie sich aufrichtete, sah sie ihn nicht an.

»Seit gestern abend.«

Fast alle Leute hörten aufmerksam zu.

»Ich bin nicht der Typ, der sich anstellt«, sagte er.

»Komm mit«, sagte Sarah schnell. Er folgte ihr in einen Lagerraum mit vollen Bücherregalen. Sie schloß die Tür vor den erwartungsvollen Gesichtern und wandte sich ihm zu.

»Was bildest du dir ein, hier hereinzustürmen und eine Szene zu machen?«

»Was hast du erwartet? Zwei Dutzend rote Rosen?«

»Nein, Peter, das habe ich nicht erwartet. Ich spiele nicht sehr hoch, wie du weißt.«

Er kaute an seiner Unterlippe.

»Hat dir das Stück gestern abend gefallen?«

»Sehr gut, danke.«

»Und deinem Begleiter?«

»Wir fanden es beide gut.«

»Erzähl mir beim Essen davon. Ich habe bei Mazetti einen Tisch bestellt.«

»Für heute abend? Tut mir leid, aber das geht nicht. Du hättest mir Bescheid sagen sollen.«

Er stützte sich mit dem Ellbogen auf ein Regalbrett und sah auf sie hinunter. Ihre gespannte Haltung betonte die Zerbrechlichkeit ihres Körpers noch. Sie umklammerte die Bücher und erwiderte seinen Blick mit erhobenem Kinn.

»Warum kannst du nicht?«

»Warum hast du mich nicht gefragt?«

Er trat einen Schritt vor.

»Versuchst du, mich zu ärgern, Sal? Das mag ich nicht.«

»Ich versuche gar nichts. So sehr interessierst du mich nicht.«

»Sag das deinen Hormonen.« Er legte die Arme um sie. »Sal, Süßes, ich bin's... weißt du noch?«

Sie reagierte nicht. Nach einem Augenblick löste er sich von ihr.

»Okay. Was muß ich tun? Mich hinlegen, damit du auf mir herumtrampeln kannst?«

»Das wäre sinnlos«, sagte sie gleichgültig. »Ich begreife nicht, warum du ein solches Theater machst. Ich muß wieder an die Arbeit. Du nicht auch?«

»Erst die Befriedigung, dann die Arbeit. Du kennst meine Lebensanschauung. Ich hole dich ab um –«

»Ja, Peter, ich kenne deine Lebensanschauung nur zu gut. Aber du drückst dich falsch aus: Befriedigung immer, Arbeit nie.«

»Das ist es also.« Er trat zurück und sah sie von oben bis unten an. »Ich bin der geborene Faulpelz, der Tunichtgut. Hör auf, Sal. Habe ich dir das nicht oft genug erklärt? Ich habe Pläne. Es braucht nur –«

»Ja«, sagte sie müde. »Du hast es mir erklärt.«
»Glaubst du mir nicht?«
»Das ist nur Gerede. Etwas anderes gibt es bei dir nicht. Wirklich nicht.«
Er wurde bleich.
»Wollen wir wetten?«
»Nein, bestimmt nicht. Ich sagte schon, ich bin nicht interessiert.«
»Wenn ich morgen mit einem Vermögen in der Tasche hereinkäme, was würdest du dann sagen?«
Sie seufzte.
»Peter, du bist unbegreiflich. Kannst du nicht einsehen, es hat nichts mit –«
»Ich zeige es dir. Nur Gerede, sagst du? Du wirst sehen. Du wirst schon dahinterkommen.«
Sie stand da und sah ihn traurig an. Schließlich ging sie zu einem Tisch und stellte die Bücher ab, bevor sie sich ihm mit verschränkten Armen wieder zuwandte.
»Ich habe über alles Mögliche hinweggesehen, weißt du. Was du mir von deiner Vergangenheit erzählt hast, schien das zu verlangen. Du kommst auch aus einem Heim, wo man sich nicht wohl fühlte, wie ich. Ich dachte, da hätten wir etwas gemeinsam. Du hast so eine große Show aus dem Konkurs der Firma deines Vaters gemacht, wie dich das während deiner Zwanziger Jahre getroffen hat, wie du Jahre vergeudet hast im Kampf, das Unternehmen zu retten..., weißt du, Peter, ich fange an, deine Version in Zweifel zu ziehen. Es ist schließlich nur deine Version.«
Connors starrte die Bücher vor sich an.
»Weiter.«
»Ich möchte nicht ungerecht sein. Aber dein Vater..., er hat die Firma dreißig Jahre lang geführt. Mutmaßlich mit Gewinn. Und Lebensmittel sind immer gefragt, das weiß man doch. Wie kommt es, daß es mit der Firma ein paar Jahre nach deinem Eintritt abwärtsging?«
Connors zog einen Band heraus und schlug ihn wahllos auf.
»Das hört sich so an, als hättest du mit einer anderen Person darüber gesprochen.«
»Ich habe mit mir selbst darüber gesprochen. Zuerst habe ich alles so genommen, wie du es mir erzählt hast. Ich wäre gar nicht auf den Gedanken gekommen, irgend etwas in Frage zu stellen.

Aber jetzt kenne ich dich etwas besser. Nur ein bißchen. Und ich mache mir keine Gedanken, das ist alles.«

Er klappte das Buch abrupt zu.

»Was verstehst du von Geschäften?«

»Ich weiß genug, um zu begreifen, daß Firmen, die mit wichtigen Bedarfsgütern handeln, nicht ohne Grund fallieren.«

»Was hat das mit uns zu tun?«

»Nichts. Nicht direkt. Nur verschafft es mir vielleicht etwas Einsicht in deinen Charakter.« Sie sprach ruhig und sachlich, wie eine Lehrerin, die ihren Schüler zu seinem Besten ermahnt. »Nimm nicht krumm, was ich dir sage, Peter! Ich versuche nur zu erklären, warum ich ein bißchen enttäuscht bin. Du hast mir so oft von deinen Hoffnungen, deinen Plänen, deinen Absichten erzählt... Ich habe dich angehört, versucht, dich zu ermutigen, ich hatte das Gefühl, daß du das wenigstens ernst meinst, und die Beziehung zu mir vielleicht auch, sobald du etwas von deinen Zielen erreicht hättest. Ich konnte mir keine Gewißheit verschaffen, aber ich hoffte. Dann dämmerte es mir langsam. Du warst wie viele andere, die ihre Pläne ausposaunen – wie man Waren auf dem Markt anpreist. Aber es machte mir noch immer nichts aus. Ich war bereit, dich als das zu nehmen, was du bist – ich verlange keinen Supermann. Aber ich brauche Aufmerksamkeit. Wenn ich mich mit jemandem befreunde, dann muß er sich auch bei mir engagieren.«

»Ich brauche dich, Sal.«

»Du brauchst mich, wenn du gerade Lust hast. Das geht in Ordnung, es ist üblich, ich beklage mich nicht – ich mache nur nicht mehr mit.«

»Ich habe dir mehr Konzessionen gemacht, als jedem anderen Menschen in meinem Leben.«

»Dann tun mir die anderen leid.«

»Warte noch etwas, Sal. Nur kurze Zeit. Ich habe ein paar Eisen im Feuer. Es wird nicht –«

»Ach, komm mir nicht wieder mit diesen Geschichten«, sagte sie ungeduldig. »Geh endlich! Ich habe es satt, dir zuzuhören.«

Er ging auf sie zu, mit verkniffener Miene.

»Du hörst aber zu. Ich muß dich haben..., ich brauche dich. Du kannst nicht einfach aussteigen.«

»Aussteigen?« wiederholte sie ungläubig. »Wo aussteigen?«

Statt einer Antwort schlug er sie. Er traf sie am Kopf über dem Ohr. Sie taumelte durch den Raum, verlor das Gleichgewicht und stürzte gegen eine große Schachtel mit Büchern. Sie lag betäubt am Boden. Als er auf sie zuging, stand sie mühsam auf und wich seiner ausgestreckten Hand aus.

»Verzeih, Sal«, sagte er. »Das tut mir leid. Ich wollte das nicht tun, das weißt du.«

»Gut, Entschuldigung angenommen.« Ihre Stimme klang dumpf. Aus einer kleinen Wunde an der Wange, wo der Karton die Haut geritzt hatte, rann Blut. Sie ging unsicher zum Tisch zurück und betupfte die Wunde mit einem Taschentuch. »Geh lieber!«

Die Tür ging auf, und die Verkäuferin schaute besorgt herein.

»Alles in Ordnung, Sarah? Ich dachte, ich hätte gehört, wie – Was ist denn mit Ihrem Gesicht?«

»Hab' mich mit einer Büroklammer gekratzt. Laß nur, Carol! Ich räume gleich auf.«

Die ältere Frau funkelte Connors böse an.

»Soll ich hierbleiben und Ihnen helfen?«

»Nicht nötig – wirklich nicht. Mr. Connors will gerade gehen.«

»Ich bin draußen. Falls Sie mich brauchen.« Mit einem giftigen Blick auf Connors ging Carol hinaus und ließ die Tür weit offen.

Connors ging ihr langsam nach. An der Tür drehte er sich um. »Ich mach' das wieder gut, Sal, das verspreche ich dir.«

Doug Harpers Miene ließ kaum erkennen, was er dachte. Er war lange genug Nachrichtenredakteur, um jede Krise einfach als Fortsetzung der Reihe ihrer Vorgängerinnen zu betrachten und mit ihr fertig zu werden. Er gab Connors ein brennendes Streichholz.

»Sie arbeiten nicht mehr an der Korruptionsgeschichte«, sagte er, während er seine eigene Zigarette anzündete.

»Richtig.«

»Wer hat das beschlossen, Sie oder Bill Mackay?«

»Ich hatte das Gefühl, daß ich nicht genug Begeisterung für den Auftrag aufbringen kann.«

Harpers Gesicht blieb ausdruckslos.

»Wofür empfinden Sie denn Begeisterung?«

»Für den Reisejournalismus«, erwiderte Connors achselzukkend.

Harper sog an seiner Zigarette.

»Wir machen in der Woche eine Ferienseite, und die könnten wir allein mit dem Agenturmaterial füllen. Jemanden wie Sie schreiben zu lassen, ist ein unwirtschaftlicher Luxus.«

»Vielleicht sollte ich dann woanders einsteigen.«

»Vielleicht sollten Sie das. Ich möchte nicht, daß Sie das Gefühl haben, Ihre Talente würden hier verschleudert.« Harpers Stimme fehlte jede Ironie. Er sog wieder an der Zigarette und fügte dann hinzu: »Wann scheiden Sie aus?«

»Genügen vier Wochen Kündigungsfrist?«

»Was mich angeht, durchaus.« Harper schnippte Asche in eine leere Farbbanddose auf seinem Schreibtisch. »Wir haben keinen Platz für Trittbrettfahrer.«

Ralphs Atemzüge wurden schneller und kürzer, als sie den Hang zu den Bäumen hinaufstiegen.

»Wenn Sie weggehen, dürfen wir es nicht mehr aufschieben«, sagte er.

Der Waldweg war verlassen und lag im Winternebel. Hunt hatte Flecken im Gesicht. Er stieg über Baumwurzeln und sagte: »Heute ist Montag. Wir könnten es für Mittwoch einrichten.«

»Fühlen Sie sich besser?« fragte Connors.

»Besser?« fragte Hunt verständnislos.

»Am Freitagabend war Ihnen nicht gut.«

»Ach – das war nichts. Magenbeschwerden. Nur lästig.«

»Sehr«, sagte Connors. »Also am Mittwoch?«

»Wenn sich das einrichen läßt.«

»Das geht.«

»Alle Einzelheiten klar?«

»Ja. Sie können mir gleich den Schlüssel für die Küchentür geben.«

Hunt reichte ihn hinüber. Connors steckte ihn ein und sagte: »Ich sollte im Haus ein bißchen Unordnung machen – damit es wie ein Einbruch aussieht. Wird Sam das zulassen?«

»Der läßt alles zu. Was wollen Sie verwenden?«

»Verwenden?«

»Für die... Tat selbst.«

»Etwas Zuverlässiges.«

Sie stiegen mühsam weiter hinauf. Vom Hügel aus sahen sie auf ein Tal hinunter, an dessen gegenüberliegender Seite ein paar

Backsteinhäuser standen. Sie starrten hinüber.

»Es darf keinen Fehler geben«, sagte Hunt. »Ich zähle auf Sie.«

Connors kniff die Augen zusammen.

»Wenn etwas schiefgeht, dann nicht bei mir. Und vergessen Sie nicht: Wenn man mich erwischt, werde ich nicht allein verknackt.«

»Das versteht sich.«

»Solange wir beide wissen, wie die Dinge stehen.«

»Ich weiß genau, wie sie stehen.« Hunt schlug den Pelzkragen hoch. »Ohne dieses Geld könnte ich ebensogut tot sein.«

12

Er wartete, bis das Freizeichen bei Sarah verstummte. Er legte auf und ging ins Wohnzimmer, um das Aktgemälde an der Wand über dem Kamin anzustarren, nahm es aber gar nicht bewußt wahr. Schließlich blickte er auf seine Hände.

Sie waren zur Faust geballt. Er öffnete sie, ging in eine Ecke und holte aus dem Werkzeugkasten seinen Felgenheber aus Stahl. Er legte ihn auf den Tisch und ging in die Küche.

Auf einem Stuhl standen Plastikstiefel mit gerippter Sohle. Er zog sie an und schnürte sie fest zu, dann griff er nach einer Lederjacke, die über dem Stuhl hing, und zog sie an.

Die Perücke hatte er bereits auf. Er schob die Brille auf die Nase und betrachtete sich im Spiegel. Er kehrte ins Zimmer zurück.

Er hob den Felgenheber auf und wog ihn nachdenklich in der Hand, bevor er ihn in die große Innentasche der Lederjacke schob und den Reißverschluß bis zum Hals hinaufzog.

Dann streifte er Handschuhe mit Plastikinnenfläche und gestricktem Rücken über die Hände.

Neben dem Telefongestell stand eine fertiggepackte Tragtasche. Connors hob sie im Vorbeigehen auf, trat an die Wohnungstür und lauschte. Er öffnete sie lautlos und starrte die Treppe hinunter, lauschte noch einmal, bevor er die Tür schloß und leichtfüßig, aber schnell hinunterlief und auf die Straße hinaustrat.

Der Triumph war drei Straßen weiter abgestellt, unter einer Straßenlampe, an einem unbebauten Grundstück. Er vergewisserte sich, daß die falschen Kennzeichen angebracht waren. Er legte die Tragtasche auf den Rücksitz, ließ den Motor an, fuhr zur

Einmündung, wartete auf eine größere Lücke im Verkehr und bog links ab.

Musik von Offenbach erklang im Fahrzeug. Connors hielt auf mäßig befahrenen Straßen eine mittlere Geschwindigkeit ein. Hauptfernsehzeit. Mittwoch: Folge Neun der Sendereihe ›Sonnenfinsternisse‹, bei der das ganze Land gebannt vor dem Bildschirm saß. Am Ende einer Ladenkolonnade bog er nach rechts in die Allee ein und eine halbe Meile später bog er noch einmal ab. In der Mitte dieser Nebenstraße gab es einen hohen, fünfzig Meter langen Zaun. Er stellte sein Auto in dessen Schatten ab.

Nachdem er die Türen abgesperrt hatte, machte er sich mit schnellen Schritten auf den Weg. Niemand begegnete ihm. Nach drei Abbiegungen erreichte er die Straße, in der die Hunts wohnten. Er überquerte sie, huschte in den Kiesweg, der zwei Grundstücke trennte, legte dreißig Meter zurück, um die Einfahrt hinter den Gärten zu erreichen.

Die Dunkelheit war nahezu undurchdringlich, nur hier und dort blinkte ein Fenster an der Rückseite eines Hauses. In Abständen tauchten Umrisse von Garagen auf. In einiger Entfernung hinter Connors sprang ein Motor an: Scheinwerfer warfen für einen Augenblick Licht in den Durchgang und verschwanden, als das Auto zur Straße rollte. Connors versuchte nicht, sich zu verstecken. Gegenüber dem vorletzten Haus blieb er stehen, um das Gartentor zu betrachten. Es trug die Nummer 5. Er schob den Riegel zurück und öffnete es.

Der Plattenweg begann direkt am Tor. Er führte an einer hohen Ligusterhecke entlang, hinter der das Nachbarhaus verborgen war; auf der anderen Seite war das Grundstück eingezäunt. Von einer Straßenlaterne vor dem Haus kam genug Licht herüber, so daß er das Schlüsselloch erkennen konnte. Das Schloß war geölt. Die Tür ging nicht auf.

Er übte mehr Druck aus. Das verquollene Holz knarrte, als die Tür sich auftat; er wartete, die Klinke in der Hand, und lauschte angestrengt.

Von irgendwo im Haus tönten Stimmen herunter. Sie klangen theatralisch, laut und kräftig. Der Fernsehapparat lief, und Connors erkannte Dialogstellen aus ›Sonnenfinsternisse‹. In seiner Nähe raschelte etwas. Er öffnete die Tür weiter und sagte leise: »Braver Hund, Sam. Braver Hund.«

Er trat ins Haus.

Rechts halten. Dann stößt du nicht an den Tisch. Sam schläft unter ihm. Wenn er da ist, streichle ihn im Vorbeigehen!

Er duckte sich und tastete im Dunkeln herum. Eine feuchte Nase berührte seine Finger. Er kraulte die seidigen Ohren.

»Brav, Sam. Nur schön ruhig.«

Er streichelte den Hund noch einmal und richtete sich auf, öffnete den Reißverschluß seiner Jacke und zog den Felgenheber heraus. Er schlich weiter zur Innentür. *Sie öffnet sich zur Diele hin. Die Tür zum Wohnzimmer ist auf der linken Seite.*

In der Diele leuchtete trüb eine rote Lampe. Von hier aus konnte man die Stimmen aus dem Fernsehgerät noch deutlicher hören. Er schob die Küchentür leise zu, schlich zur Tür an der linken Seite und schaute auf das Zifferblatt seiner Uhr.

Er stellte sich in die Nische neben der Tür. *Wenn sie aus irgendeinem Grund plötzlich herauskommt, bemerkt sie dich da nicht.*

Er verschränkte die Arme so, daß er stets auf die Uhr sehen konnte, und wartete.

Die Musik schwoll an, und die Stimmen verklangen. Eine einzelne Stimme begann zu sprechen: Es hörte sich nach einem Werbespot an, aber ›Sonnenfinsternisse‹ lief nicht auf diesem Kanal. Es waren wohl verbindende Worte eines Erzählers. Connors' Finger im Handschuh schlossen sich fester um den Felgenheber. Abgesehen von der Stimme, die laut und deutlich sprach, war aus dem Zimmer nichts zu vernehmen.

Um 20.16 Uhr läutete das Telefon.

Die Fernsehstimme wurde leiser gedreht. Ein ganz schwaches Vibrieren drang bis zur Diele, während jemand durch das Zimmer ging. Die Telefonklingel verstummte plötzlich. Connors verließ die Nische und drückte die Türklinke nieder.

Als der Spalt breiter wurde, hörte er ihre Stimme: »Ralph? Ja, war ich. Macht nichts. Was?«

Er schlich näher und konnte die Schwingungen von Hunts Stimme in der Muschel hören. Sie drehte ihm den Rücken zu, über den Schreibtisch gebeugt. Das einzige Licht im Zimmer kam von einer Wandlampe und vom Fernsehapparat; die Schreibnische lag im Schatten. Er richtete sich hinter ihr auf, hob den Felgenheber und schlug zu.

*

Der Täter ließ die über dem Schreibtisch zusammengesunkene Gestalt liegen, ging schnell durch das Zimmer, öffnete Schränke, riß Schubladen heraus. Hunts erregte Fragen tönten aus dem Hörer, der neben dem Schreibtisch herabbaumelte. Connors leerte den Inhalt von mehreren Schubladen auf den Teppich. Aus einem Schrank mit Glastür nahm er zwei Silbermedaillons und eine Uhr aus Messing. Er ließ den Fernsehapparat laufen, schaute sich ein letztesmal im Zimmer um und kehrte in die Küche zurück.

Sam regte sich schläfrig. Connors sagte: »Schon gut, Sam, kein Grund zur Aufregung, mein Junge«, und mit einem schnellen Hieb zerschlug er eine Scheibe der Hintertür von außen, die auf gleicher Höhe wie das Schloß war. Hunts Schlüssel steckte er von innen ins Schloß. Er ließ die Tür offen stehen und ging ohne Eile den Plattenweg entlang zum Gartentor. Unterwegs ließ er Medaillons und Uhr fallen und marschierte zurück.

Zur Dunkelheit war feuchter Nebel gekommen. Sein Rückweg zum Auto erfolgte ganz unbeobachtet; niemand war unterwegs. Er hob den Kofferraumdeckel, schob den Felgenheber hinter das Ersatzrad und klappte zu. Er setzte sich gemächlich in den Wagen, ließ den Motor an und fuhr davon.

Nach drei Meilen lenkte er das Fahrzeug auf einen ungeteerten Weg und fuhr bis zu einem Gebüsch neben einer Mauer, hinter der ein Sportplatz lag. Die Häuser gegenüber waren von Bäumen und Hecken verborgen. Connors schaltete Motor und Scheinwerfer ab, stieg auf den Rücksitz, nahm Brille und Perücke ab, zog Lederjacke und Stiefel aus. Der Tragtasche entnahm er ein Sportjackett und ein paar schwarze Slipper mit Schnallen und zog sie an. Die anderen Sachen stopfte er zusammen mit den Handschuhen in die Tasche.

Er blickte den verlassenen Weg hinauf und hinunter, dann öffnete er die Tür, warf die Tasche über die Mauer und hörte sie auf der anderen Seite aufschlagen.

Er stieg aus, montierte die falschen Kennzeichen ab und schleuderte sie ebenfalls hinüber.

Mit Abblendlicht lenkte er den Wagen vorsichtig über die Steine und holperte zurück zur Hauptstraße.

Nach einer knappen Meile bog er an einer Gabelung rechts ab und fuhr hinüber zur Battersea-Brücke. Von der Nordseite der Themse aus fuhr er weiter nach Knightsbridge und erreichte kurz nach halb zehn Uhr die ›Pennant Rooms‹ in der Cromwell Road.

Er ließ sich einen Wodka mit Tonic geben und mit dem Leiter der Astral Airways verbinden, der in dieser Woche die Genehmigung erhalten hatte, in direkter Konkurrenz zu der vom Staat betriebenen Fluglinie verbilligte Sommerflugreisen nach dreißig Badeorten am Mittelmeer durchzuführen, und zwar mit umgebauten Frachtmaschinen der RAF, die der Staat verkauft hatte. Der Aufsichtsratsvorsitzende war blendender Laune. Das sei ein gewaltiger Antrieb für die private Marktwirtschaft, sagte er, und er hoffe, daß Connors zur Pressebesichtigung am Flughafen Hampshire erscheinen würde, wo die Umbauarbeiten durchgeführt wurden. Connors versprach es.

Er bedankte sich für das Gespräch, entfernte sich und stieß auf Ursula Chalmers. Sie trug eine lange, grüne Hose und einen purpurroten Wollpullover. In der Hand hielt sie ein Glas mit einer Flüssigkeit, die ein Gemisch aus beiden Farben zu sein schien.

»Spät kommt er, doch er kommt. Die meisten von Ihrer Sorte sind schon wieder abgezogen.«

»Hatte einen Reifendefekt«, sagte er. »Weshalb sind Sie noch hier?«

»Wegen der Getränke, mein Lieber, weshalb sonst? Ein Telefon finden Sie da drüben.«

Er gab seine Meldung an den ›Chronicle‹ durch. Ursula wartete auf ihn.

»Aber ich glaube, ich habe genug von dem Teufelszeug getrunken«, erklärte sie, als er zurückkam. »Reifen geflickt? Dann bitte ich um Mitnahme, wenn es geht.«

»Wohin?«

»Irgendwohin, solange Sie keinen Umweg machen müssen.«

»Trinken wir zuerst Kaffee«, sagte er.

Sie stellte ihr halbvolles Glas sofort hinter einen Heizkörper.

»In meinem Alter läßt man sich so eine Einladung nicht entgehen, wenn sie nicht gerade von Dracula kommt«, erklärte sie. »Ich kenne ein hübsches, kleines Lokal, nicht weit von hier. Nichts wie weg.«

Als sie in einem nahen Café saßen, knöpfte sie ihren Mantel auf, stützte beide Ellenbogen auf den Tisch und sah ihn über ihre gefalteten Hände hinweg an.

»Woran liegt es, Peter?«

»Woran liegt was?«

»Sie scheinen es nie eilig zu haben.«

»Manchmal doch.«

Ursula schüttelte den Kopf.

»Die meisten Ihrer Konkurrenten heute abend haben den großzügigen Sir Reginald befragt und waren wieder fort, bevor Sie überhaupt erschienen sind. Ich weiß, Sie hatten einen Reifendefekt. Aber Sie sind immer der letzte.«

Er schob ihr den Zucker hin.

»Nicht immer, Ursula. Aber ich gebe zu, daß ich nichts davon halte, mich ins Getümmel zu stürzen. Außerdem bin ich beim ›Chronicle‹ auf dem absteigenden Ast. Ich scheide bald aus.«

»Sie haben Blut am Ärmel oder irgendwas, wissen Sie das?« Ursula rührte ihren Kaffee um. »Sie hören auf? Neuer Posten?«

»Nein.« Connors betrachtete seine Hemdmanschette. »Hab' mir das Handgelenk verletzt, als ich das Rad montierte.« Er zog den Ärmel herunter. »Ich will vorerst herumlungern und dann schreiben.«

»Viel Glück, Freund. Sie werden es brauchen.«

»Ich wollte Sie etwas fragen, Ursula.«

»Ich dachte mir schon fast, daß der Kaffee nicht umsonst ist«, sagte sie resigniert.

»Wie versöhnt man sich mit einem Mädchen am besten?«

Ursula starrte ihn groß an, dann begann sie zu lachen.

»O je. Hätte nie gedacht, daß ich das von Ihnen zu hören bekomme, ausgerechnet von Ihnen. Du meine Güte.« Sie wischte sich die Augen. »Tja, mein Lieber, ich bezweifle, ob sich seit meiner Zeit etwas Wesentliches geändert hat. Brillanten und Perlen sind immer sehr nützlich gewesen.«

»Oder ein Auto? Ich dachte an ein Auto.«

»Sehr hübsch. Sie muß Ihnen etwas bedeuten, diese junge Dame. Aber Sie werden bald keine Stellung mehr haben. Woher nehmen Sie...?«

»Ich habe ein bißchen Geld. Alles, was für mich zur Zeit von Wichtigkeit ist –«

»Ist, daß Sie sie wieder herumkriegen? Ich würde sagen, da sind Sie auf dem richtigen Weg.«

»Ich muß Gewißheit haben.«

Ursula lächelte in ihre Tasse.

»Bei einer Frau ist das viel verlangt. Sie können nur einfach alles versuchen. Wenn es mißlingt, brauchen Sie nur ihr die Schuld zu geben. Falls das ein Trost ist.«

Connors kippte den Kaffee hinunter. Sie betrachtete ihn mit zusammengekniffenen Augen.

»Warum gehen Sie nicht einfach hin, sagen, daß es Ihnen leid tut, küssen Sie und versöhnen sich?«

»Würde nicht genügen«, sagte er nach einer Pause.

»Haben Sie es versucht?«

Er stand plötzlich auf.

»Ich muß in die Redaktion zurück.«

Im Waschraum im Erdgeschoß krempelte er die Hemdärmel hoch, damit man die Manschetten nicht sehen konnte. Er betrachtete sich prüfend in einem Wandspiegel. Befriedigt trat er hinaus und prallte auf der Treppe mit Phil Maynard zusammen.

»Wo ist denn heute die Bombe?« fragte er.

Der junge Reporter stieg die Stufen hinauf.

»Sie tickt drüben in Dulwich«, sagte er über die Schulter.

»Was meinen Sie damit?«

»Fragen Sie lieber Ralph Hunt. Oder besser doch nicht.« Maynard erreichte den nächsten Absatz und verschwand.

Connors folgte ihm langsam und fragte die hagere Reporterin im Redaktionssaal: »Was ist mit Ralph los?«

»Offenbar ist seine Frau ums Leben gekommen.«

»Mein Gott. Autounfall?«

»Erschlagen in ihrem Haus von einem Einbrecher, soviel ich gehört habe.« Rhona Gordon war eine hartgesottene Journalistin aus den Midlands, die an den Redaktionsschluß denken mußte; ihr Tonfall verriet, daß sie zwischen Klage und Ungeduld schwankte. Connors ließ sie an ihrer Schreibmaschine allein und ging hinüber zu Maynard, der mit einer Gruppe von Kollegen sprach.

»Ist Ralph mit Ihnen hingefahren?« fragte er. »Wie hat er es aufgenommen?«

»Er sagt nicht viel.« Maynard genoß seine große Stunde. »Er ist sicher ganz betäubt.«

»Das Schlimmste war, daß Ralph mit ihr telefoniert hat, als es passierte«, sagte ein Redakteur, der zu der Gruppe trat. »Er hat mit ihr gesprochen!«

»Hat sonst niemand etwas gesehen oder Geräusche gehört?«

»Wann kommt das schon vor? Jedenfalls klebte die ganze Bevölkerung vor dem Glotzkasten, wegen der Serie auf Kanal Eins.

Man vermutet, daß sie auch ferngesehen hat, als der Verbrecher ins Haus eindrang.«

»Wie ist es passiert?« fragte der Redakteur.

»Er schlug ihr irgendeinen schweren Gegenstand auf den Kopf. Vermutlich war sie sofort tot.«

»Wenigstens ein Trost«, sagte Connors. »Für Ralph wird es schlimmer sein. Wenn man seine Frau auf diese Weise verliert, ist das wirklich furchtbar.«

Maynard drehte sich um und starrte ihn an.

»Frau?« sagte er. »Es war nicht seine Frau. Sie war nicht zu Hause. Wer erschlagen worden ist, war ihre Schwester.«

13

»Das wußte ich nicht«, sagte Hunt. »Sie hat mir kein Wort davon gesagt, daß Jane an diesem Abend kommen wollte. Woher hätte ich das wissen sollen?«

Connors blieb stehen, um zwei Reiter zu beobachten, einen Mann und ein Mädchen, die in Richtung Kensington trabten. Das Mädchen, etwa vier Längen hinter dem Mann, lachte atemlos und schaute sich nach Publikum um.

»Ich hätte gedacht, Sie würden die Stimme Ihrer Schwester am Telefon erkennen.«

»Jane hat genauso gesprochen wie sie. Aber was hätte das geändert? Ich ließ sie ja kaum zu Wort kommen. Ich redete ganz schnell und laut, damit sie Sie nicht hören sollte.«

Sie starrten den Reitern nach und gingen weiter.

»Wir haben einen Menschen ohne Sinn und Zweck getötet«, sagte Connors. »Es hat uns gar nichts eingebracht.«

»Sie haben sie umgebracht«, verbesserte Hunt.

Connors blieb wieder stehen. Er betrachtete ein Hochhaus am Rand des Parks und sagte: »Verantwortlich sind wir beide. So würde ein Gericht es sehen.« Er sah Hunt ins Gesicht. »Hauptsache, Sie sehen es auch so.«

Hunt zuckte apathisch die Achseln.

»Wahrscheinlich haben Sie recht. Außerdem spielt das gar keine Rolle. Ich liefere Sie bestimmt nicht ans Messer. Was würde ich damit erreichen? Oder sonst jemand? Jane ist tot. Sie und Eleanor hatten kein so enges Verhältnis. Für mich war sie eben eine Schwägerin, aber trotzdem –«

»Wir könnten es noch einmal versuchen«, sagte Connors.

»Nein!«

»Warum nicht? Was spricht dagegen?«

Hunt stapfte über Rotten Row zur Serpentine. Connors hielt Schritt und sagte: »Natürlich nicht der alte Plan, versteht sich. Auf eine andere Weise. Es hat sich doch nichts geändert, oder? Sie sitzen immer noch bis zum Hals in den Schulden. Ich kann das Geld nach wie vor gebrauchen. Was wir versucht haben, hätte geklappt, wenn nicht –«

»Aber es sollte nicht sein.« Als sie den geteerten Weg erreichten, ging Hunt schneller. »Jane war das Opferlamm, verstehen Sie das nicht? Ich kann Ihnen sagen, mich hat das zermürbt. Ich will nicht mehr.«

Connors sagte nachdenklich: »Nach allem, was Sie sagen, hatte sie nicht viel vom Leben. Keine Familie, keine Interessen, nur das Fernsehen, möglichst schmalzig. Das nennen Sie wirklich einen Verlust?«

»Nennen Sie es, wie Sie wollen.« Hunt blickte auf die Ruderboote auf dem See. »Sie hatte genauso viel Recht, ihr Leben zu leben, wie wir das unsrige.«

»Das hört sich so an, als hätten Sie sich ein Gewissen zugelegt.«

»Sie offenbar nicht.« Hunt warf ihm von der Seite einen Blick zu. »Hören Sie, es ist sinnlos, sich deshalb zu zerstreiten. Was geschehen ist, ist geschehen. Ich würde es gern ungeschehen machen, aber das geht nicht. Was ich tun kann, ist, eine Art Wiedergutmachung zu versuchen.«

»Und wie?« fragte Connors scharf.

»Ich kann eine neue Einstellung zu Eleanor finden. Unser Verhältnis zueinander verbessern..., mit den Wetten aufhören, meine Schulden abbezahlen. Es wird schwer werden, aber ich habe vor, mich zu bemühen.«

»Wie kommen Sie auf die Idee, daß sie darauf eingehen wird?«

»Ich glaube, es wäre möglich. Ich vermute, daß sie mir auf halbem Wege entgegenkommt. Und wenn nicht –« Hunt hob die Hand, »dann habe ich es wenigstens versucht.«

»Und was ist mit mir?«

Sie kamen wieder zum Stillstand, so, als gingen sie unter einem gemeinsamen Joch. Das Wasser schwappte vor ihren Füßen. Ein bunter Vogel, weder Gans noch Ente, watschelte an ihnen vorbei und schwamm auf den See hinaus. Hunt stieß einen Kiesel hinterher.

»Sie sind jung«, sagte er. »Und gesund. Nichts hindert Sie, sich Ihren Lebensunterhalt zu verdienen.«

»Ich will aber jetzt ein Kapital haben.«

»Überfallen Sie eine Bank! Vergleichsweise müßte das ein Kinderspiel sein. Tun Sie, was Sie wollen – nur ziehen Sie mich nicht mit hinein! Ich bin zur Vernunft gekommen.«

»Sie Dreckskerl. Sie haben mich da hineingeritten, und jetzt lassen Sie mich fallen wie eine heiße Kartoffel.«

»Die Dramatik ist völlig überflüssig. Das Ganze war ein schrecklicher Fehler. Das einzig Vernünftige ist, das zuzugeben und einen neuen Anfang zu machen. Das ist mein Programm. Das Ihre überlasse ich Ihnen.«

»Ich habe auf das Geld gezählt«, sagte Connors leise.

»Ich auch. Jetzt, wo ich es nicht bekomme, erscheint es nicht mehr so wichtig. Eleanor ist es, die zählt.« Hunt schaute auf seine Uhr. »Ich muß los. Wir sehen uns ja vielleicht mal. Ach – und keine Sorge. Meine Lippen sind für immer versiegelt. In dieser Beziehung haben Sie nichts zu befürchten, glauben Sie mir.« Mit einer kleinen Geste ging er über das Gras davon, Richtung Hyde Park Corner.

Eleanor schob nervös eine Zigarette zwischen die Lippen.

»Nein, Peter.«

Er gab ihr Feuer und zündete dann seine Zigarette an. Gleichzeitig bliesen sie den Rauch aus. Die Wagenfenster waren sofort angelaufen, als sie gehalten hatten; die ab und zu vorbeigleitenden Scheinwerfer waren kaum zu sehen.

»Ich verstehe nicht, warum nicht.«

Eleanor hustete. Mit erstickter Stimme sagte sie: »Erstens würde das ungeheuer verdächtig aussehen..., zwei aus einer einzigen Familie, sozusagen. Und dann...«

Er wartete.

Sie atmete hastig ein.

»Ich könnte einfach nicht, Peter. Nicht mehr. Es hat sich vieles geändert.«

»Vorher warst du aber sehr eifrig.«

Sie fröstelte.

»Ich muß den Verstand verloren haben. Tut mir leid. Nach dem, was Jane zugestoßen ist... Man sieht die Dinge dann in einem ganz anderen Licht. Das könnte so leicht ich gewesen sein.«

»Und wie kam das, daß du es nicht gewesen bist?« fragte er interessiert.

»Hast du das nicht gelesen? Jane rief mich an und sagte, ihr Fernsehgerät sei kaputt, und sie wolle sich die neue Folge der Serie ansehen. Da habe ich sie natürlich eingeladen. Sie wohnte ja nicht weit weg von uns. Kurz danach bekam ich wieder einen Anruf, von einem Kunden, der dringend Unterlagen brauchte.« Eleanor sog an ihrer Zigarette. »Ich bin auf diese Kitschprogramme nicht scharf und brachte ihm die gewünschten Prospekte persönlich, während Jane blieb und sich das Programm ansah. So hat sich das ergeben.«

»Reiner Zufall.«

»Für sie ein tragischer Zufall. Die Polizei glaubt, jemand könnte gewußt haben, daß ich zu Hause eine kleine Firma betreibe, und in der Hoffnung eingedrungen sein, Bargeld zu finden. Und sie war im Weg... Die arme Jane. Wir haben uns nie sehr gut verstanden, aber jetzt begreife ich erst, wie einsam sie gewesen sein muß. Sie hat ein tristes Leben geführt.«

»Dann wird es ihr ja nicht so abgehen.«

»So kann man es auch sehen«, sagte Eleanor nach einer Pause. »Was mich angeht, so sehe ich die Dinge jetzt, wie gesagt, anders. Und ich will dir etwas sagen: Ich glaube Ralph auch. Es scheint ihn tief erschüttert zu haben.«

»Wirklich?«

»Er ist anders..., viel rücksichtsvoller. Er trinkt weniger und kümmert sich mehr um mich. Kann sein, daß das nicht anhält. Es sind erst sechs Tage... Aber ich will nichts tun, was ihn entmutigen könnte.«

Connors legte die Unterarme auf das Lenkrad. Er wischte die beschlagene Windschutzscheibe in der Mitte frei.

»Und was wird aus uns?«

Sie zögerte mit der Antwort. Er hauchte auf das Glas, daß die Scheibe wieder beschlug. Die Luftwirbel eines vorbeibrausenden Lastzugs erschütterten das Auto. Als der Lärm verklungen war, sagte sie: »Ich möchte, daß wir uns eine Weile nicht sehen. Ich will der neuen Entwicklung eine Chance geben.«

»Verstehe.« Nach einiger Zeit fügte er hinzu: »Ich stand unter dem Eindruck – verzeih mir, wenn ich das falsch gesehen habe –, daß du mein Fortkommen hast fördern wollen, daß du mit mir zusammen ein Leben aufbauen wolltest.«

»Das war ... vorher.« Ihre Stimme war zu einem Flüstern herabgesunken. »Ich wußte kaum, was ich tat oder sagte. Diese Tat hat mich wachgerüttelt. Jetzt will ich nur noch mit Ralph zusammen die Fäden aufheben und einen neuen Versuch unternehmen. Ob es uns gelingt, weiß ich nicht – aber ich kann es versuchen.«

»Ich dachte, wir würden uns etwas bedeuten.«

»Lieber, das war auch der Fall, aber vielleicht war es nicht das Richtige für uns beide. Ich empfinde nicht mehr so, und es wäre unsinnig, sich etwas vorzumachen. Du möchtest doch auch nicht, daß wir uns etwas vorspielen, oder?«

»Nein, nein, das möchte ich nicht.«

»Und deshalb denke ich, wenn wir vereinbaren, uns nicht mehr zu treffen, wird vieles leichter sein.«

»Für wen?«

»Für uns alle. Für dich, für mich, für Ralph. Ich spüre, daß dieses Erlebnis mich etwas gelehrt hat, und ich brauche Zeit, um darüber hinwegzukommen und muß darüber nachdenken. Kannst du das verstehen?«

»Ich kann sehr gut verstehen. Das nennt man, einem den Laufpaß geben.«

»Ach, Peter. So sollst du es wirklich nicht sehen. Ich werde dir immer dankbar sein, aber es kommt eine Zeit, wo man sich der Realität stellen und ... erwachsen werden muß. Wenn Ralph den Versuch unternimmt, sich zu bessern – wie es den Anschein hat –, dann ist es meine Pflicht, das nicht zu vereiteln.« Sie bewegte sich ruhelos. »Es tut mir leid, daß das für dich so ausgegangen ist, aber vielleicht ist es so am besten. Und ich glaube nicht, daß du dich je so sehr engagiert hast wie ich – habe ich recht?«

Er zerdrückte seine Zigarette.

»Ich glaube, du machst einen Fehler, Eleanor. Kein Mensch ändert sich über Nacht. Ralph ist aufgerüttelt worden, das ist alles. Er wird wieder der Alte werden.«

»Auf dieses Risiko lasse ich mich ein.«

»Dann gibt es nichts mehr zu sagen.« Er schaltete den Motor und die Scheinwerfer ein und beugte sich vor, um auf die Benzinuhr zu blicken. »Danke für das Zusammensein, Süßes. Es war wunderbar.«

»Peter«, sagte sie gequält, »wenn du das nur so sagen könntest, als wäre dir ernst damit.«

»In ein paar Tagen versuche ich es noch einmal bei dir. Nein, das kann ich nicht, wie? Das ist der große Abschied. Gedämpfte Musik mit Trommelwirbel. Ich wünsche dir eine glückliche Zeit, Eleanor. Auf nach Hause.«

Als der Wagen rollte, sagte sie versonnen: »Für Widder hieß es heute morgen, man müsse in einer ganz wichtigen Angelegenheit eine Entscheidung treffen...«

Connors fuhr an den Randstein und hielt. Sie sah ihn an.

»Was ist denn?«

»Eine Bus-Haltestelle«, sagte er und deutete hinaus. »Betrieb bis Mitternacht. Leb wohl, Eleanor.«

Nach einer kurzen Pause öffnete sie die Tür und stieg aus. Sie beugte sich noch einmal herunter.

»Bei Waage hieß es, man solle sein volles Potential ausspielen, ohne das Menschliche zu vergessen. Gute Nacht, Peter. Alles Gute.« Sie warf die Tür zu.

14

»Sie haben gekündigt«, sagte Doug Harper. »Erinnern Sie sich?«

»Ich biete an, die Kündigung zurückzuziehen.«

»Und ich lehne das Angebot ab. Tut mir leid, mein Junge, aber wofür halten Sie mich? Wenn Sie nicht gekündigt hätten, wären Sie rausgeschmissen worden.« Harper überflog einen Korrekturabzug. »Außerdem sind Sie schon ersetzt.«

»Ich passe mich ein, wo Sie mich haben wollen.« Connors setzte sich auf Harpers Schreibtischkante. »Als ich das letztemal bei Ihnen war, bin ich nicht zurechnungsfähig gewesen, Doug. Es tut mir leid, wenn ich einen falschen Eindruck erweckt habe.«

»Ich habe das Gefühl, daß es zur Abwechslung einmal der richtige war.« Harper hob den Kopf. »Nehmen Sie Ihren Hintern von meinem Schreibtisch.«

Connors stand auf.

»Ich bin bereit, mich voll einzusetzen.« Er stotterte ein bißchen.

»Davon bin ich überzeugt. Aber was bringt das?« Harper warf den Abzug in einen Korb und lehnte sich zurück. »Wollen wir es uns eingestehen, Mr. Connors: Sie und der ›Chronicle‹ passen nicht zusammen. Wir sind hier ein Laden, der recht ordentlich zusammenhält. Ich möchte nicht, daß er demoralisiert wird. Es wäre mir sogar lieber…« Er zögerte. »Was sagen Sie zu zwei Wochen Gehalt als Abstandssumme, und Sie scheiden gleich heute aus?«

»Ich habe ein Recht darauf, bis zum Ende meiner Kündigungsfrist zu arbeiten.«

»Nicht unbedingt.« Harper zuckte die Achseln. »Aber ich lasse es nicht darauf ankommen! Stecken Sie bloß die anderen nicht mit Ihrer Einstellung an, das ist alles, was ich verlange. Wenn Sie Lust haben sollten, die bescheidenen Kräfte einzusetzen, über die Sie verfügen, bieten Sie Ihre Dienste an! Vielleicht ist jemand so verzweifelt, daß er sie annimmt.«

Bill Mackay sagte kurz: »Nichts, was ich nicht schaffen könnte, danke.« Er zog den Wagen seiner Schreibmaschine zurück und tippte eifrig. »Fragen Sie Doug Harper.«

»Er hat gesagt, ich soll mich anbieten.«

Mackay schaute sich im Saal um.

»Rhona erstickt langsam unter dem Material für das Mietgesetz. Sie könnte Hilfe brauchen.«

Connors blieb, wo er war.

»Was ist aus den korrupten Polizisten geworden?«

»Ich arbeite dran. Es gibt da ein winziges Problem, nämlich, eine Bestätigung für die Fakten zu finden.«

»Heißt das, wir sitzen auf dem Material?«

»Nein, wir sitzen nicht drauf. Jedenfalls nicht für dauernd.«

»Aber Sie brauchen jemand, der ein paar Namen fallen läßt?«

»Schon einer würde uns weiterbringen.« Mackay beugte sich über einen Notizblock.

Connors sah ihm eine Weile zu.

»Ich habe ein Talent dafür, Leute zum Reden zu bringen.«

Mackay richtete sich seufzend auf.

»Sie sind unübertroffen darin, die Leute zum Zuhören zu bewegen. Hören Sie, Peter, es ist mir piepegal, was Sie mit sich anfangen. Wenn Doug Sie nicht einsetzt, warum sollte ich es tun? Aber wenn ich Sie damit loswerde, machen Sie sich auf die Socken, und sehen Sie zu, was Sie ausgraben können. Und kommen Sie nicht so früh zurück.«

*

Connors fuhr zum Bezirk Hayes. Er läutete bei der Villa, wo er schon einmal gewesen war, fand den Bewohner vor und in rachsüchtiger Stimmung.

»Was haben Sie mit dem gemacht, was ich Ihnen das letztemal erzählt habe, Mr. Connors? Gar nichts. Was hat es dann für einen Zweck?«

»Ohne Namen können wir nichts unternehmen.«

Sein Informant überlegte.

»Ich – also gut, wenn ich Ihnen einen Namen nenne, sorgen Sie dann dafür, daß das nicht auf mich zurückfällt?« meinte er schließlich. »Garantieren Sie mir das?«

»Vertrauen Sie auf den ›Chronicle‹.«

Von dem Haus fuhr er zu einer Straße in der Nähe der Stadtmitte, wo das ›Crystal-Casino‹ im ersten Stock durch eine jetzt erloschene Neonschrift hervorgehoben wurde. Neben dem Haus gelangte man durch einen Zugang zum Wettbüro im Erdgeschoß; eine zweite Tür war abgesperrt. Connors drückte auf den Klingelknopf. Er behielt den Daumen auf der Klingel, bis jemand die Treppe herunterpolterte.

»Wer ist da?«

»Vom ›Chronicle‹. Zu Mr. Khan.«

»Was wollen Sie?«

»Ihn sprechen, habe ich gesagt.«

Riegel wurden zurückgeschoben. Ein jung-altes Gesicht, umrahmt von schwarzen Locken, starrte durch den Türspalt.

»Ich bin Mr. Khans Assistent. Sie können es mir sagen.«

»Es ist vertraulich.«

»Macht nichts. Ich bin sein Assistent für vertrauliche Dinge.«

»Dann gehen Sie hin, und vertrauen Sie sich ihm an. Sagen Sie ihm, daß ich da bin.«

Der junge Mann blinzelte.

»Warten Sie einen Augenblick!«

Er stieg die Treppe hinauf. Oben plärrte Musik und wurde vom Knall einer zufallenden Tür abgeschnitten. Es blieb einige Zeit still, dann tönte das Gedudel wieder heraus, und die Stimme des Assistenten schrie: »Kommen Sie rauf!«

Connors stieg die Stufen hinauf zu einem Flur mit Teppichläufer. Er wurde in ein Büro gewinkt.

Ein Inder stand vor einem Limonadeautomaten und trank aus einem Pappbecher. Er war klein und zierlich, mit dichten schwarzen Haaren, die bis über die Ohren gingen. Er trug einen unauffälligen grauen Anzug mit dünnen roten Streifen; die Füße steckten in kleinen, auf Hochglanz polierten, schwarzen Schuhen. Er nickte Connors höflich zu.

»Möchten Sie etwas trinken?« Er zeigte auf den Automaten.

Connors schüttelte den Kopf. Er schaute sich nach dem Ursprung der Musik um. Der Inder begriff und sah den jungen Mann mit einer hochgezogenen Braue an, worauf dieser auf einen Knopf an der Wand drückte. Es wurde still.

»Mr. Khan?« sagte Connors.

»Das bin ich.« Seine Stimme klang ein wenig heiser. »Ich habe gehört, daß Sie eine Nachricht für mich haben..., eine mündliche Nachricht. Von einer Zeitung?«

»Es ist privat.«

Der Junge bekam wieder eine hochgezogene Braue zu sehen, sagt: »Oh, Verzeihung!« und verschwand durch eine Tür neben dem Automaten. Connors erhaschte einen flüchtigen Blick auf Spieltische, bevor die Tür zufiel. Mr. Khan wies auf einen braunen Ledersessel.

»Bitte. Und was ist das für eine private Mitteilung, die ich so dringend hören muß?«

Connors blieb stehen.

»Sagt Ihnen der Name Mackay etwas?«

»Mackay..., spielt er?«

»Nein, er handelt mit harten Fakten. Im Auftrag des ›Chronicle‹ haben er und ich über Vorwürfe von Polizeikorruption in dieser Gegend recherchiert. Sie haben vielleicht davon erfahren?«

Khan lächelte bedauernd.

»Mr. –?«

»Connors.«

»Mr. Connors, ich führe ein stilles Leben. Ich interessiere mich wenig für die politischen oder administrativen Funktionen der –«

»Im Gegenteil, Mr. Khan. Sie nehmen ein großes und ständiges Interesse an allem, was vorgeht. Das ist Ihr Beruf.«

»Sie sprechen von –«

»Ich rede davon, wie Sie Ihre großen, fetten Gewinne machen. Nicht mit diesem Unfug –« Connors wies mit dem Kinn auf die Tür zum Spielsalon – »sondern mit dem, was sich dahinter verbirgt.«

Khan warf seinen leeren Becher zielsicher in einen roten Abfallkorb.

»Sie scheinen über meine Geschäfte mehr zu wissen als ich selbst. Ich könnte das übelnehmen, Mr. Connors. Aber ich bin neugierig genug, um mehr erfahren zu wollen.«

»Versuchen Sie, sich nächste Woche den ›Chronicle‹ zu besorgen. Da steht dann alles, auf mehreren Seiten. Laster und Drogen in West-London: Die Männer im Hintergrund des Elends. Namen, Einzelheiten, alles. Immer noch neugierig?«

Das Lächeln tauchte wieder auf.

»Nicht besonders. Sehen Sie, ich habe ausgezeichnete Beziehungen zur Polizei, die in vollem Umfang –«

»Das ist der Kern meiner Mitteilung.« Connors setzte sich auf die Armlehne des Ledersessels, streckte die Beine aus und stellte die Ferse des einen auf die Zehenspitze des anderen Fußes. »Ich möchte Ihnen klarmachen, daß bestimmte Leute geredet haben. Die Folge war, daß Mr. Mackay und ich ein Dossier zusammenstellen konnten, das einige Ihrer Freunde bei der Polizei in ein grelles Licht stellt. Ich bin sicher, daß auch sie nächste Woche den ›Chronicle‹ kaufen werden.«

»Das Blatt ist seinen Preis sicherlich wert«, sagte Khan höflich. »Aber ich begreife wirklich nicht, warum Sie herkommen, um mir das zu sagen.«

»Dann will ich es Ihnen erklären. Wenn wir die Namen der bestechlichen Polizisten abdrucken, Mr. Khan, und eine Untersuchung auslösen, spricht einiges dafür, daß Ihr kleines Imperium auf einmal zusammenbricht.«

»Mein kleines Imperium, wie Sie das nennen –«

»Beruht, um existieren zu können, auf Bestechung im großen Maßstab. Wir haben unsere Hausaufgaben gemacht, Mr. Khan. Der Artikel ist geschrieben. Am Montag soll er gedruckt werden.«

Khan wartete einige Sekunden.

»Das ist alles?«

»Es sei denn, Sie wären neugierig genug, wissen zu wollen, wie eine Katastrophe vermieden werden kann.«

»Bitte, klären Sie mich doch auf!«

»Wir sind auf den Gedanken gekommen –« Connors verschränkte die Arme und lehnte sich an die Mahagonitäfelung, – »wenn Großzügigkeit sich auf Polizeibeamte erstrecken kann, gibt es keinen Anlaß, warum sie nicht ausgedehnt werden sollte.«

»Auf Journalisten zum Beispiel.«

»Als Beispiel. Das könnte eine gute Methode sein, dafür zu sorgen, daß von dem Material, das ich erwähnt habe, nichts den Weg zu den Zeitungsständen findet.«

Khan überlegte.

»Wie ich sehen kann, wäre das möglich.«

»Das habe ich mir gedacht.«

»Wie hoch müßte eine solche Großzügigkeit bemessen sein?«

»Nichts Erschreckendes. Wenn man an den Gesamtumsatz denkt, glaube ich, daß eine Zahl im Bereich von Zehntausend einen sehr bescheidenen Prozentsatz darstellen würde.«

Die sanften, dunklen Augen Khans betrachteten Connors einige Sekunden lang, bevor sie sich auf einen Kalender richteten, der über einem Metallschrank hing. Er drehte sich schließlich um, holte eine Münze aus der Tasche und steckte sie in den Automaten. Unter Gurgeln und Rattern füllte sich ein Pappbecher mit einer braunen Flüssigkeit. Khan griff danach und schnupperte.

»Sind Sie sicher, daß Sie diesen ausgezeichneten Kaffee nicht doch versuchen wollen?«

»Ganz sicher. Ich möchte eine Antwort haben.«

»Sie sind ein ungeduldiger Mann, Mr. Connors. Sie werden begreifen, daß in einer Lage wie dieser Rücksprachen –«

»Um Zeit zu gewinnen, damit Sie uns Ihre Schläger auf den Hals schicken können? Vergessen Sie's! Wenn mir oder Mackay etwas zustoßen sollte, oder gar uns beiden, würde man den Artikel auf jeden Fall veröffentlichen, komplett mit allem Drum und Dran. Die einzige Garantie dafür, daß das nicht geschieht, wird sein, gut für uns zu sorgen.« Connors stand auf. »Ich melde mich heute abend wieder, um zu hören, was Sie beschlossen haben. Ach – noch etwas. Ein Abschluß hätte natürlich in bar zu erfolgen.«

15

»Sie kennen den Weg, Mr. Connors.« Die Empfangsdame sah ihn freundlich an. »Sie finden ihn in der Sonnenliegehalle. Er liest oder döst. Es wird ziemlich warm unter –«

Er ging durch den hallenden Korridor und machte Umwege um die abgestellten Rollstühle mit ihren regungslosen, mißgestalteten

Insassen. Der Widerhall seiner Schritte zerriß die leidvolle Stille. Die erste Abzweigung führte zu einem größeren Flur mit einer langen Reihe von Fenstern, durch die man auf Rasenflächen blickte, die von blühenden Tulpen umsäumt waren. An jedem Fenster stand schräg ein Rollstuhl. Connors zwängte sich zwischen ihnen hindurch. Er gelangte zu einer Tür mit Kathedralglasscheiben, öffnete sie und ging weiter.

Das gewölbte Glasdach sammelte die winterlichen Strahlen der Sonne zu einer intensiven Innenwärme, die die Luft austrocknete. Die stummen Gestalten in ihren auf dem gefliesten Boden verteilten Rollstühlen waren zugedeckt. Connors schaute sich um, ging in eine entlegene Ecke und starrte auf den gesenkten Kopf hinunter.

»Wie geht es dir heute?« Nach einigen Augenblicken legte er die Hand auf eine der verdeckten Schultern und drückte sie ein wenig. Das Gesicht des alten Mannes hob sich und sank wieder herab.

»Genießt du die Wärme?« fragte Connors.

»Kann nicht – schlafen – vor Lärm.« Die Stimme des alten Mannes klang atemlos und heiser.

»Hier gibt es keinen Lärm.«

»Warum tun – sie uns – nicht hin, wo es – ruhig – ist.«

»Wenn sie es täten, würde dir das nicht gefallen.«

»Sag mir, was mir gefällt.« Die Decke regte sich. »Was – treibst – du – so?«

»Dies und das. Geld verdienen. Behandelt man dich gut?«

Ein unartikuliertes Wimmern wurde laut. Connors bückte sich. »Willst du irgend etwas?«

»Immer noch bei – deiner Zeitung?«

»Im Augenblick, ja. Aber ich habe Pläne.«

»Mußt darauf – achten, daß sie – was taugen. Du hast schon genug kaputtgemacht.«

Connors sagte mit fester Stimme: »Das war nicht meine Schuld. Du bist krank geworden, und die Banken haben mich im Stich gelassen.« Er schaute sich nach den anderen Rollstühlen um und fügte hinzu: »Nächste Woche um diese Zeit habe ich Geld.«

Das faltige Gesicht hob sich kurz.

»Ja, ja… Hol die Pflegerin, Peter. Möchte mich – anders setzen.«

»Das mache ich.«

»Die Pflegerin macht es. Hol sie!«

Connors kehrte zum Empfang zurück.

»Mein Vater möchte sich anders hinsetzen. Können Sie jemanden hinschicken?«

»Gewiß, Mr. Connors.«

»Und wenn man schon dabei ist, sollte man ihm andere Medikamente geben«, sagte er. »Er wäre ja besser dran, wenn er Aspirin schlucken würde.«

»Um ganz ehrlich zu sein, diese japanischen Fahrzeuge haben große Vorteile«, sagte der Chefverkäufer. »Lange Garantie, viele Extras im Preis inbegriffen. Hier zum Beispiel...«

»Ich nehme ihn«, sagte Connors.

»Ja, Sir. Möchten Sie Kredit in Anspruch nehmen?«

»Ja. Wann kann der Wagen fahrbereit sein, wenn ich eine Anzahlung leiste?«

»Bis Dienstag morgen. Wenn Sie mit ins Büro kommen wollen –«

Connors sah sich im Vorbeigehen einen Jaguar Automatic an. »Schönes Fahrzeug.«

»Sehr schön, Sir. Wenn man ein paar Tausender mehr zum Ausgeben hat.«

Connors verließ die Ausstellungsräume und ging über den Piccadilly zu einer Telefonzelle. Als sich jemand meldete, sagte er: »Ach – mein Name ist Andrews. Kann ich Miss Kingswell sprechen? Es handelt sich um eine Biographie, die sie für mich bestellt hat.« Während er wartete, lehnte er sich an die Wand und sah dem Verkehr zu, der durch die Unterführung bei Hyde Park Corner brauste.

Sarahs Stimme klang verwirrt.

»Mr. Andrews...?«

»Nicht einhängen, Liebling. Hör nur einen Augenblick zu! Du erinnerst dich –«

»Ist das Peter? Warum hast du gesagt, daß du ein Mr. Andrews wärst?« Sie sprach klar und deutlich, sehr selbstsicher.

»Ich dachte, du kämst sonst nicht an den Apparat.« Er machte eine Pause. »Wie geht es dir?«

»Gut. Und dir? Ich weiß nicht, weshalb ich nicht hätte zum Telefon kommen sollen.«

»Sal. Ich möchte, daß du am Dienstagabend zu Hause bist.«

»Du möchtest, daß ich –«

»Ich bringe etwas vorbei.«

Sie lachte kurz.

»Das tust du nicht.«

»Hast du etwas anderes vor?«

»Das habe ich nicht gesagt.« Sie schwieg kurze Zeit. »Schau, Peter, ich habe nichts dagegen, mit dir zu telefonieren, wenn man sich nur Guten Tag sagt. Auf dieser Grundlage spreche ich mit allen meinen Freunden.«

»Ich möchte, daß du am Dienstagabend zu Hause bist. Ich habe eine Überraschung für dich.«

»Ich habe schon alle Überraschungen erlebt, die ich mir wünsche«, sagte sie. »Danke, Peter, aber gib dir keine Mühe. Ich werde nicht da sein.« Sie legte auf.

Nach einigen Sekunden verließ Connors die Zelle. Er ging zurück zu den Verkaufsräumen der Autofirma und wartete, bis der Chefverkäufer frei war.

»Hab' es mir anders überlegt«, sagte er. »Ich nehme doch den Jaguar.«

»Zuerst würden wir natürlich mit Ihrem Kollegen, Mr. Mackay, sprechen wollen«, sagte Khan.

»Er ist im Ausland«, sagte Connors.

»Dann müssen wir warten, bis er zurückkommt.« Khan stach die Gabel in einen Bissen Currysteak. Der indische Kellner hielt sich in der Nähe auf.

»Möglicherweise habe ich mich nicht klar genug ausgedrückt«, sagte Connors. »Wenn ich das Geld nicht bekomme, erscheint der Artikel nächste Woche.«

Khan betupfte die Lippen mit einer Serviette.

»Zehntausend, glaube ich, haben Sie gesagt?«

»Sie wissen ganz genau, was ich gesagt habe.«

»In bar, auszuzahlen an Sie. Und für Mr. Mackay?«

»Ich sorge dafür, daß er seinen Anteil bekommt.«

»Sobald er aus dem Ausland zurückkommt? Verstehe. Da ist noch etwas...«

»Ja?«

»Der Artikel selbst. Ich möchte ihn vorher lesen. Haben Sie ihn als Fahnenabzug oder als Manuskript?«

»Er liegt als Abzug in der Redaktion.«

»Sie können also ein Exemplar für mich besorgen?«

»Nein. Der Nachrichtenredakteur hat ihn.«

»Wie schade. Dann muß ich mich mit einem Manuskriptdurchschlag begnügen. Können Sie den bis morgen liefern?«

Connors warf einen Blick auf den breitschultrigen Iren, der ihm gegenübersaß, einen Teller Stew vor sich.

»Warum wollen Sie ihn sehen?«

Der Ire lächelte. Khan sagte ruhig: »Wir haben nur Ihr Wort dafür, Mr. Connors, daß der Artikel Material enthält, das uns in Verlegenheit bringen könnte.«

»Warum riskieren Sie es dann nicht? Weigern Sie sich zu zahlen – und kaufen Sie nächste Woche die Zeitung.«

»Ich verstehe Sie wirklich nicht.« Khan führte wieder einen Bissen zum Mund. »Was schadet es, wenn Sie uns den Artikel lesen lassen? Fürchten Sie, wir könnten Ihren Stil kritisieren?«

Das Lächeln des Iren wurde breiter. Der zweite Geschäftspartner, ein Inder mit rundem Gesicht, Brille und stahlfarbenen Haaren, starrte Connors durch seine Brillengläser ausdruckslos an.

»Das Manuskript liegt in unserem Leseraum. Da ist schwer heranzukommen«, sagte Connors.

Khan seufzte.

»Dann müssen wir uns mit einer mündlichen Zusammenfassung begnügen.«

Nach einer Pause sagte Connors: »Jetzt gleich?«

»Bitte. Wenn Sie so freundlich wären.«

»Was wollen Sie genau wissen?«

»In erster Linie Namen.«

»Ich kann mir doch nicht alle Namen merken.«

»Nicht einmal einen?«

»Wir scheinen vom Thema abzukommen. Das Entscheidende an der Sache ist doch –«

Khan ließ sein Besteck plötzlich auf den Teller fallen.

»Das Entscheidende an der Sache ist, daß Sie von uns zehntausend Pfund verlangen, um einen Artikel zu unterdrücken, von dem wir nicht wissen, ob es ihn gibt, recherchiert von einem Journalisten, mit dem wir nicht sprechen können, einen Artikel, der in einer künftigen Ausgabe einer Zeitung erscheinen mag oder auch nicht, und der Namen enthält, die eine der dafür teilweise verantwortlichen Personen nicht im Kopf behalten kann. Mr. Connors, ich bin Geschäftsmann. Das ist kein geschäftlicher Vorschlag, sondern ein primitiver Bluff, ungeschickt vorgebracht von jemandem, dessen Anstellung beim ›Southern Chronicle‹ ihrem Ende zugeht. Wir haben auch ein wenig recherchiert, wie Sie sehen.« Khan stand auf. Seine Begleiter erhoben sich mit ihm. »Sie entschuldigen uns? Wir haben ein Spielkasino zu führen, und die Zeit vergeht. Ich würde Sie für diesen Abend einladen, aber nach meiner Meinung haben Sie heute schon genug Glücksspiele hinter sich.«

16

Eleanor war adrett gekleidet. Sie trug einen karierten Mantel und einen kleinen, runden Hut. Sie wirkte jünger.

»Ich, Peter?« fragte sie. »Ausgerechnet ich?«

Connors starrte sie an.

»Ich wollte mich melden«, sagte er. »Wir haben uns auf unschöne Weise getrennt.«

»Das ist alles vergessen. Aber ein Darlehen ... Du weißt, daß ich kein Geld habe.«

»Nur für kurze Zeit. In einem Monat hast du das Geld wieder.«

Sie nippte an ihrem Wodka mit Tonic.

»Selbst wenn ich begierig darauf wäre, dir zu helfen, ginge es nicht. Das muß dir doch klar sein.«

»Und du bist nicht begierig darauf?«

Sie klopfte mit ihren langen Fingernägeln an das Glas.

»Ich möchte vor allem in Ruhe gelassen werden. Ich bin sicher, daß du das verstehen kannst. Außerdem habe ich tatsächlich keinen Penny.«

»Nichts, was du verkaufen kannst?«

Sie starrte ihn verblüfft an.

»Das kann nicht dein Ernst sein.«

»Ich würde es mit Zinsen zurückzahlen. Du hättest dein Geld gut angelegt.«

Sie leerte ihr Glas und stand auf.

»Ich hatte recht, als ich im Zweifel war, ob es gut wäre, dich heute abend zu treffen«, sagte sie. »Der einzige Grund, warum ich schließlich doch gekommen bin ... Nun gut. Es hat keinen Zweck, Peter. Verstehst du? Nichts wird wieder so sein wie früher. Wir sollten uns beide damit abfinden. Nein, bleib nur! Ich finde allein heim. Ich bin es gewöhnt.« Sie knöpfte ihren Mantel zu. »Viel Glück.« Sie lächelte ihm kurz zu und verließ das Lokal.

»Braucht sehr viel Benzin«, sagte der Autohändler in der South Street abwertend. »Den bringen wir nie los.«

Connors trat mit ihm ans Heck des Triumphs.

»Sie haben doch ein Schild da oben. ›Gebrauchtwagen gegen bar zu kaufen gesucht.‹«

»Ich könnte Ihnen sechshundert geben.«

»Sie machen Witze. Vor einem Jahr hat er mich zweieinhalbtausend gekostet.«

»Vor einem Jahr? Das ist die halbe Lebenszeit, Mann, in diesem Geschäft.« Der Händler entfernte sich.

»Warten Sie.« Connors griff nach den Fahrzeugpapieren. »Sechshundert, sagten Sie?«

»Raten auf drei Jahre«, sagte der Chefverkäufer am Piccadilly Circus liebenswürdig. »Hier ist Ihre Quittung für die Anzahlung, Mr. Connors. Wenn Sie mir noch die Anschrift des Geschäftes geben wollen, wohin das Fahrzeug geliefert werden soll...«

Connors verließ den Verkaufsraum. Ein feuchter Wind fegte vom Green Park herüber; er klappte den Pelzkragen hoch und stapfte weiter. Als er an einer Telefonzelle vorbeikam, blieb er stehen und kehrte um. Die Zelle schützte wenigstens vor dem Wind. Er blätterte im Telefonbuch, bis er die Nummer von ›Weite Horizonte‹ fand.

»Ursula? Peter Connors. Sind bei eurem Blatt Posten frei?«

»Posten? Sie meinen, für junge, kluge Reisejournalisten?«

»Gibt es andere?«

»Sie kennen das Blättchen, Freund«, sagte sie nach einer Pause. »Es quält sich so dahin, und das Geld reicht hinten und vorne nicht. Sind Sie sicher, daß das für Sie das Richtige wäre?«

»Ich bin auf dem Markt. Irgendein Angebot?«

»Ich weiß nicht, ob ich in der Lage bin, mitzubieten«, sagte Ursula gedehnt. »Ich arbeite schließlich nur hier.«

»Hören Sie doch auf, Sie leiten den ganzen Laden.«

»Mag sein, aber das ist nicht dasselbe wie... Ich muß es mir erst überlegen, Süßer. Ich dachte, Sie wollen aus dem Journalismus aussteigen?«

»Ich will aber auch gern essen.«

»Warum treffen wir uns dann nicht zum Mittagessen? Und besprechen alles?«

Im Redaktionssaal kam Bill Mackay auf Connors zu. Er wirkte ruhig.

»Habe versucht, Sie zu erreichen. Wo sind Sie achtundvierzig Stunden geblieben?«

»Sie haben gesagt, ich soll nicht so früh zurückkommen.«

»Na schön, ich habe meinen großen Mund aufgemacht. Irgend etwas herausbekommen?«

»Kein Mensch tut den Mund auf.« Connors blätterte in den Reiseprospekten auf seinem Schreibtisch.

Mackay sah ihn prüfend an.

»Ich habe genug Leute gefunden, die reden wollen. Als es um Namen ging, verstummten sie. War das auch Ihre Erfahrung?«

»Genau.«

»Außerdem«, sagte Mackay, griff nach einer Reisebroschüre und betrachtete sie beiläufig, »habe ich ein paar Anrufe bekommen. Auch da nichts. Nur einer war ein wenig rätselhaft.«

»So?«

»Ein Herr mit einer sanften Stimme, der wissen wollte, ob ich im Ausland sei. Ich glaube, ich habe ihn davon überzeugen können, daß ich es nicht bin. Dann fragte er, ob ich Recherchen bezüglich Polizeikorruption anstelle, und ich sagte, vielleicht, und ob er mir helfen wolle? Darauf erwiderte er, er sei interessiert daran, den Artikel zu lesen, wann er denn erscheine? Das, sagte ich, sei der Entscheidung der Chefredaktion vorbehalten. Darauf verlangte er den Chefredakteur. Ich habe ihm Doug gegeben, der mir später mitteilte, daß der Mann sich weniger für den Artikel zu interessieren schien als für Sie.«

»Für mich?«

»Für keinen anderen. Ob Sie auch an dem Thema arbeiteten und welche Stellung Sie bei dem Blatt hätten. Doug wimmelte ihn ab, aber offenbar ist später bei der Personalabteilung angerufen worden. Diesmal wollte er nur wissen, ob Sie auf der Gehaltsliste stehen. Das Mädchen, das den Anruf entgegennahm, war noch unerfahren. Sie teilte ihm mit, Sie seien hier beschäftigt, würden aber bald aussteigen.«

Connors ließ die Prospekte fallen.

»Wer ist sie?«

»Lassen Sie nur! Vermuten Sie, daß das einer Ihrer Kontaktleute war, der Sie überprüfen wollte?«

Connors schwieg. Mackay ging zu seinem Schreibtisch zurück.

»Was mir Rätsel aufgibt, ist: Warum die Frage, ob ich mich im Ausland aufhalte? Warum sollte sich diese Frage überhaupt stellen?«

»Keine Ahnung.«

»Sie haben doch nichts angestellt, oder?«

»Was soll das heißen?«

Mackay kam zu Connors zurück.

»Der Mann, der angerufen hat, ließ ein paar Bemerkungen fallen, über die ich mir Gedanken mache«, sagte er. »Doug übrigens auch.«

»Bemerkungen? Was für Bemerkungen?«

»Das sage ich nicht. Ich verlange nur eine Zusicherung von Ihnen, daß Sie nicht versucht haben, etwas aufzuziehen, Peter.«

»Ich habe keine Ahnung, was Sie damit andeuten wollen.«

»Daß Sie nicht versucht haben, jemandem die Daumenschrauben anzulegen.«

»War das nicht der Sinn des Ganzen?«

»Nicht, wenn es um persönlichen Gewinn geht.«

»Ich glaube, ich schätze nicht, was Sie damit antippen wollen«, sagte Connors nach einer langen Pause.

»Ich auch nicht.«

»Warum sprechen Sie es dann aus?«

»Weil ich die Gewißheit haben möchte, daß ich nicht in denselben Topf geworfen werde.«

»Keine Sorge. Ihre kostbare Integrität ist unverletzlich.«

»Das hört sich so an, als sei Integrität nicht so wichtig für Sie.«

»Sie bedeutet weniger als Resultate.«

»Welche Resultate?« fragte Mackay mit ätzender Verachtung.

»Diejenigen, die wir beide nicht erzielt haben.«

»Ich mache das nicht, um schnell Geld zu kassieren.«

»Überlegen Sie sich, was Sie sagen! Das könnte Sie teuer zu stehen kommen.«

»Nur zu.«

Von den Nachbarschreibtischen kamen Blicke zu ihnen herüber. Connors wandte sich ab.

»Es lohnt nicht, darüber zu diskutieren«, sagte er.

»Da bin ich anderer Meinung.« Mackay zog sich endlich an seine

Schreibmaschine zurück. »Gehen Sie zu Doug, und machen Sie es mit ihm aus. Er will Sie ohnehin sprechen.«

Ralph Hunt winkte dem Barmann im ›Pheasant‹ und schüttelte den Kopf.

»Ich habe keinen Einfluß bei Doug Harper«, sagte er. »Weshalb sollte er auf mich hören?«

»Ihr Wort muß doch Gewicht haben.« Connors schob das Geld für Hunts Tomatensaft über die Theke.

»Wenn Doug einen Entschluß gefaßt hat«, sagte Hunt und schnitt beim ersten Schluck eine Grimasse, »wird er ihn nicht umstoßen, egal, was ich sage.«

»Aber ich weiß, daß Sie es versuchen.«

Hunt warf ihm einen Blick zu, stellte das Glas auf die Theke, drehte sich um und stützte sich wieder auf die Ellenbogen, um auf den Boden zu starren.

»Warum sind Sie so begierig darauf, zu bleiben? Ich dachte, Sie könnten es nicht erwarten, aus der Fleet Street wegzukommen?«

»Das war der ursprüngliche Plan.«

Sie schwiegen.

»Umstände ändern sich.« Connors goß Sodawasser in seinen Kognak.

»Allerdings.« Hunt verschränkte die Arme und warf ihm wieder einen Blick zu. »Offen gesagt, ich finde, daß Sie gut daran täten, sich an Ihren ersten Plan zu halten.«

»Wie Sie sich an den Ihren halten?«

»Mein Grundprogramm war falsch – in jeder Beziehung. Das neue ist viel besser, glauben Sie mir.«

Connors zuckte die Achseln.

»Wie Sie meinen. Ich verlange nur, daß Sie ein Wort für mich einlegen.«

Hunt leerte das Glas und schüttelte sich.

»Warten Sie hier«, sagte er. »Ich gehe jetzt zurück. Mal sehen, was ich tun kann.«

Connors wartete vierzig Minuten. Als Hunt zurückkam, war seine Miene ausdruckslos.

»Hab' Doug noch erwischt, bevor er zu seinem Bankett fuhr«, sagte er. »Aber es ist nichts zu machen.«

Connors zündete sich eine Zigarette an.

»Was hat er gesagt?«

»Er sagte, ich soll Ihnen mitteilen, er würde Sie nicht zurückhaben wollen, selbst wenn Sie ihm Ihren Kopf auf einem Korrekturabzug brächten.« Hunt schwieg kurze Zeit. »Ich redigiere seine Bemerkungen ein bißchen. Tut mir leid. Hab' getan, was ich konnte.«

»Davon bin ich überzeugt.« Connors betrachtete ihn durch eine Rauchwolke. »Ich weiß, daß Sie einen alten Bekannten nicht vergessen.« Er sog an der Zigarette. »Irgendein Vorschlag, was ich jetzt machen soll?«

»Wenn Sie meinen Rat hören wollen«, sagte Hunt und schaute auf die Armbanduhr, »sehen Sie sich wo ganz anders um. So, wie Doug sich ausgelassen hat, haben Sie in dieser Gegend keine große Zukunft.«

»Von welchem Datum ab?« fragte Ursula.

»Ab sofort. Wir haben uns in gegenseitigem Einvernehmen getrennt.«

»Wenn Sie zu ›Weite Horizonte‹ kommen wollen«, sagte sie kokett, »müssen Sie Ihre Syntax überprüfen. Ein Einvernehmen ist der Definition nach eine Sache auf Gegenseitigkeit. Da können Sie ein Wort sparen. Und ›ab sofort‹ ist ein Ausdruck, den wir nicht gern verwenden.«

»Es könnte also eine Stelle für mich frei sein?«

Sie stach mit der Gabel in den Blumenkohl und sah ihn an.

»Ich kann es wahrscheinlich einrichten.«

»Wenn das eine Sache der Wohltätigkeit ist«, sagte Connors und beobachtete die Gabel, »können Sie sich das schenken. Ich finde etwas anderes.«

»Natürlich, Süßer.« Sie kaute nachdenklich. »Aber ob auch im Journalismus?«

»Warum nicht?«

»Es spricht sich so manches herum.«

»Herum?«

»Ja. Sie wissen schon. Bezüglich der – na, sagen wir Anstellbarkeit, mangels eines besseren Ausdrucks.«

Er legte Messer und Gabel sorgfältig hin.

»Was wird gesprochen?«

»Ziehen Sie Ihre eigenen Schlußfolgerungen, mein Lieber.«

Ursula sammelte den nächsten Bissen auf der Gabel und drückte die Portion zurecht.

»Aber Sie selbst wären vielleicht bereit, das erschreckende Risiko auf sich zu nehmen?«

»Ich wäre bereit vorzuschlagen, daß wir es tun.«

»Um der alten Zeit willen?«

»Und vielleicht auch der neuen wegen, die es noch geben kann.« Sie hielt die Gabel in Tellerhöhe. Ihre Finger zitterten ein wenig.

»Bin nicht sicher, worauf Sie hinauswollen, Ursula.«

»Sie wissen, worauf ich hinauswill.« Sie starrte auf die Gabel. »Sie sind kein Dummkopf, Peter. Sie wissen, was ich will.«

Connors stieg aus dem Bett und begann sich anzuziehen. Hinter sich hörte er ein Rascheln.

»So früh?«

»Muß arbeiten«, sagte er und knöpfte sein Hemd zu.

»Ich dachte, du hast keine Arbeit.«

»Muß noch einmal hin und meinen Schreibtisch ausräumen.« Er zog seine Schuhe an.

Ursula setzte sich auf.

»Und den Büropüppchen noch Lebewohl sagen?«

»Auch das.«

»Laß dir nicht zu viel Zeit dazu!«

Er drehte den Kopf und sah sie an.

»Weiß nicht, wie lange es dauert, Ursula. Ich muß noch ein paar andere Dinge regeln.«

»Aber heute abend kommst du wieder?«

»Möglich.«

Sie legte sich auf die Kissen zurück.

»Wenn du die Stellung willst«, sagte sie schläfrig, »dann vergiß nicht, daß das ein Geschäft für beide Seiten ist.«

»Solange Export und Import ausgeglichen sind.« Er bückte sich vor einem Spiegel und fuhr mit dem Kamm durch die Haare. »Weil wir gerade vom Geschäft reden. Borgst du mir bis morgen ein paar Pfund?«

Ursula stieg aus dem Bett, ging ins Wohnzimmer und kam mit einem Bündel Geldscheinen zurück.

»Fünfzig. Nennen wir es Gehaltsvorschuß.«

Er küßte sie auf die Wange.

»Du wirst sehen, daß sich der Einkauf lohnt. Auf bald.«

Er verließ die Wohnung und stieg die Treppe zum Erdgeschoß hinunter. Im Haus gab es mehrere Wohnungen, aber er sah keinen

Menschen. Als er auf die stille Straße hinaustrat, schaute er sich um, dann ging er bis zu einer Hauptstraße, wo er ein Taxi anhalten konnte.

»Edgware Road«, sagte er zum Fahrer.

Vom Randstein der Buchhandlung gegenüber blickte er einige Minuten hinüber, während der Fahrer wegen des Halteverbots jammerte. Connors bezahlte schließlich, ging in eine Imbißhalle, kaufte Kaffee und einen Hamburger und setzte sich damit an einen Fenstertisch. Er saß eine ganze Stunde da und schaute auf die Straße hinaus.

Um halb sechs Uhr, als es schon dunkel zu werden begann, erlosch die Beleuchtung in der Buchhandlung. Schließlich kamen drei Angestellte heraus; Connors kannte keinen davon. Der Älteste sperrte die Tür ab und rüttelte daran, bevor sie gingen. Er blieb noch zwanzig Minuten sitzen. Niemand sonst erschien.

Connors nahm ein anderes Taxi und fuhr nach Mayfair, wo er in eine Kneipe ging. In Abständen von zehn Minuten, zwischen den Drinks, rief er Sarahs Nummer vom öffentlichen Fernsprecher aus an und ließ immer wieder anläuten.

Um 23.15 Uhr läutete er an Ursulas Tür. Sie sagte: »Muß ja eine Riesenarbeit gewesen sein, den Schreibtisch auszuräumen. Nicht viel Unterstützung von den Püppchen, wie?« Sie half ihm, das Jakkett auszuziehen. »Du solltest lernen, dich auf die alten Typen zu verlassen, Süßer. Wir sind zuverlässiger.«

17

Die Stimme am Telefon war Connors neu.

»Miss Kingswell?« sagte sie. »Ja, sie ist da. Wollen Sie sie sprechen?«

»Stören Sie sie jetzt nicht«, sagte er. »Ich wollte nur Gewißheit haben, daß sie sicher angekommen ist.«

Die breiten Reifen des Jaguar streichelten den Randstein vor der Buchhandlung. Der Fahrer stieg aus. Mit einem Blick auf die gelbe Doppellinie auf der Fahrbahn ging er um den Kühler herum zum Gehsteig und polierte mit dem Ärmel die Oberseite des Kotflügels, bevor er im Geschäft verschwand.

Aus der Imbißhalle beobachtete Connors, wie er einige Minuten später wieder herauskam. Er schob seine Tasse weg und starrte über die Straße, bis Sarah auftauchte. Sie trug ihren grünen Kittel und einen Ausdruck der Verwirrung, aus dem beim Anblick des Autos schockierte Betroffenheit wurde. Der Fahrer sagte etwas zu ihr. Ein paar Passanten waren stehengeblieben und schauten lächelnd zu. Der Fahrer wies mit großer Geste auf das Fahrzeug, trat zum Laden und verschränkte die Arme.

Connors verließ die Imbißhalle. Er überquerte die Straße und ging im Schlendergang auf das Buchgeschäft zu.

Sarah starrte von der Mitte des Bürgersteigs aus auf die Windschutzscheibe des Wagens, auf dessen Beifahrerseite ein großer Klebezettel befestigt war, mit roten Buchstaben auf gelbem Untergrund. Der Text lautete: ›Für Sal – einmalig unter Millionen‹. Die Zuschauer waren immer zahlreicher geworden. Sarah schaute sich um und wich zurück zum Ladeneingang, wo sie mit der lilafarbenen Carol zusammenprallte, die offenen Mundes aus dem Geschäft geeilt war. Ein Passant sagte: »Na, wickeln Sie es denn nicht aus?«

Man lachte. Sarah versuchte, ihre Kollegin in den Laden zurückzuschieben. Ihr Gesicht war blutrot.

»Was soll das sein – eine Art Scherz?« sagte Carol.

»Von der teuren Art«, sagte Connors.

Sarah fuhr herum. Ihr Gesicht erstarrte.

»Oh.«

»Auf dem Fahrersitz liegt ein Brief«, sagte er. »Wenn du auf die andere Seite gehst –«

»Nicht für mich, Peter. Vielen Dank!« Sie hatte sich wieder gefaßt. »Ich will kein Auto, schon gar nicht so eines, und auch nicht auf diese Weise. Bedaure.« Sie drehte sich auf dem Absatz um.

Derselbe Passant sagte: »Ah, was denn. Was schadet es, wenn Sie mal um den Häuserblock damit gondeln?«

Die Röte in Sarahs Gesicht war der Leichenblässe gewichen. Sie sagte drängend zu Carol: »Gehen wir hinein!« Der Fahrer der Autofirma wirkte verlegen. Die Zuschauermenge blockierte den gesamten Gehsteig. Connors packte Sarah am Arm.

»Er gehört dir, weißt du. Du brauchst nicht davor wegzulaufen.«

»Es ist nicht der Wagen, vor dem ich weglaufe. Das müßtest du wissen.« Sie machte einen Schritt auf die Buchhandlung zu.

Er hielt sie zurück.

»Sei nicht so stolz, Sarah. Ein Geschenk kannst du doch annehmen, oder?«

»Laß mich los!«

Einige der Passanten entfernten sich peinlich berührt. Andere blieben. Connors hielt Sarahs Arm fest. Sein Mund hatte sich verkrampft, sein Gesicht war aschfahl geworden. Nachdem sie sich trotz Gegenwehr nicht losreißen konnte, blieb sie unbeweglich stehen.

»Er hat mich eine Menge gekostet«, sagte er gepreßt. »Du könntest dich in das Ding wenigstens hineinsetzen.«

Mit vernehmbarer Stimme sagte sie: »Ich würde mich nicht einmal hineinsetzen, um mich vor einem Schneesturm zu schützen. Du glaubst, du kannst mich zurückkaufen – einfach so?«

»Mensch«, murmelte der Passant.

Sarah riß sich los.

»Kommen Sie, Carol! An die Arbeit. Wenn er einen Strafzettel wegen Falschparkens bekommt, ist das seine Sache.«

Jemand drückte auf den Auslöser einer Kamera. Connors fuhr herum. Ein Agentur-Fotograf winkte ihm fröhlich zu.

»Hübscher Versuch, Pete. Wie wär's, wenn Sie sich an die offene Tür lehnen würden, mit untröstlicher Miene?«

Connors ging auf ihn zu.

»Wenn Sie die Aufnahmen bringen«, sagte er mit zusammengebissenen Zähnen, »mache ich Sie fertig, das verspreche ich Ihnen.«

»Na, na. Sie wissen doch auch, was so ein Schnappschuß wert ist, oder?«

»Wer hat Ihnen den Tip gegeben?«

Der Fotograf zwinkerte ihm zu.

»Meine Spione sind überall, vor allem in der Autobranche. Sie können sich bald bewundern.« Er setzte sich in seinen verbeulten Mini und brauste davon.

Ursula saß an ihrer Reiseschreibmaschine und tippte eifrig. Connors zog den Mantel aus, warf ihn auf einen Schaukelstuhl, verfehlte ihn aber. Er ließ ihn auf dem Teppich liegen und ging zum Barschrank. Er war abgesperrt. Er ging durch das Zimmer, legte die Hände auf Ursulas Schultern und sagte in ihr Ohr: »Wie wär's mit einem Scotch?«

Sie tippte noch ein paar Worte, überflog sie, stand auf und ging davon. Sie nahm eine Abendzeitung von der Fensterbrüstung, drehte sich um und warf sie ihm hin. Sie landete vor seinen Füßen. Er warf ihr einen Blick zu, bevor er sich bückte, um sie aufzuheben.

»Habe ich gesehen«, sagte er. »Das ist alles ein Mißverständnis.«

»Hast du ihr einen Jaguar Automatic gekauft?«

Er überflog die erste Seite. Ein Vierspalten-Bild zeigte Sarah, wie sie vom Auto zur Buchhandlung ging; er stand abseits, den Arm ausgestreckt. Die Überschrift lautete: ›Aber die Dame sagte Nein.‹ Er warf das Blatt auf die Seite.

»Wenn die Presse es sagt.«

»Eine große Geste«, sagte sie gepreßt, »von einem Mann, der pleite ist.«

»Das ist meine Sache.«

»So, wirklich? Ich liefere das Bargeld, und du gibst es aus, um Vierliter-Autos für deine Püppchen zu kaufen.« Ursula kam drei Schritte heran. »Was bin ich deiner Meinung nach, eine Kuh, die du melken kannst?«

»Ich will dir sagen, was du nicht bist. Meine Aufseherin.«

»Aber aushalten darf ich dich?«

»Ich komme ohne dein Geld aus.«

»Freut mich zu hören.« Ihre Stimme veränderte sich plötzlich. »Hör zu, Süßer, wir brauchen uns deswegen nicht zu streiten. Wenn du mit ihr fertig bist und den Wagen wieder zurück gibst –«

»Ich bin nicht fertig mit ihr.«

Ursula schob das Kinn vor.

»O doch, das bist du, Freundchen«, sagte sie. »Dafür werde ich sorgen.«

Sein Gesicht wurde kalkweiß.

»Was heißt, dafür wirst du sorgen?«

»Was ich sage.« Sie drehte sich um und ging zu ihrer Schreibmaschine zurück.

»Wie?«

Sie setzte sich und zog ein neues Blatt in die Maschine ein, schrieb ein paar Worte und runzelte die Stirn.

»Wie, Ursula?«

»Du bist wie ein kleiner Junge«, sagte sie verächtlich. »Wie... warum... wann... Fragen stellst du nur dann, wenn sich dir irgend etwas entzieht, was du dir einbildest.« Ursula drehte sich mit ihrem Stuhl herum. »Dieses Mädchen, diese Sarah. Weiß sie, wie du in Wirklichkeit bist?«

»Wir kennen uns gut genug.«

»Na, ich weiß nicht.« Ursula ließ den Wagen zurücklaufen.

Connors stand starr im Zimmer.

»Was geht in dir vor, Ursula?«

»Ich mache mir so meine Gedanken, Freundchen.«

»Heraus damit!«

»Richtig.« Sie drehte sich im Stuhl. »Ich werde hingehen und selbst mit ihr reden, ihr sagen, was für ein Typ du in Wahrheit bist. Na, was sagst du dazu?«

»Tu das lieber nicht, Ursula!« Er sagte es leise, beinahe sanft. Sie sah ihn an, einen Augenblick lang unentschlossen, dann spannte sich ihr Gesicht wieder.

»Du hast also Angst, ich könnte ihr dies und jenes verraten? Du hast recht, mein Junge, du hast ja so recht. Ein ausgehaltener Kerl, das bist du. Alles, was du tust, ist ein geschäftlicher Handel – und selbst auf dieser Ebene kannst du nicht ehrlich sein. Ah, ich werde es deiner Sarah schon klarmachen.« Ursulas Stimme wurde schriller. »Sie wird vielleicht so tun, als höre sie nicht zu, aber sie wird sich Gedanken machen. Und was für welche! Wenn sie einen Tag nachgedacht hat, wirst du mehr brauchen als ein Auto, um sie zurückzuholen, darauf kannst du dich verlassen. Aber sicher. Du glaubst, du kennst dich aus mit den Frauen? Da habe ich eine Neuigkeit für dich, mein Freund. Du weißt gar nichts. In dem Augenblick, wo ich –«

»Sei still, Ursula.«

Mit hochgezogenen Mundwinkeln sah sie ihn herankommen.

»Du möchtest mich wohl gerne schlagen, was? Schlagen, bis ich stumm bin. Das ist so deine Art. Packen, was du kannst, schreien und beißen, wenn du es nicht kannst. Typisch für dich. Wenn ich dieser famosen Sarah begegne, werde ich ihr als erstes klarmachen –«

Er erstickte die Worte in ihrer Kehle. Sie stand halb auf, versuchte, seine Arme zu packen, während ihr Körper sich wand; er preßte fester zu und hielt sie fest, bis das Hervortreten der Augen und die Verfärbung des Gesichts anzeigten, daß sie tot war. Er ließ sie fallen, stürzte sich auf sie, als sie am Boden lag, schüttelte sie hin und her. Endlich löste er die Hände von ihr. Ihr Kopf fiel auf die Seite. Er sprang zurück, die Hände zur Gegenwehr erhoben.

Sie regte sich nicht mehr. Er richtete sich auf, schaute auf sie hinunter und bewegte die Finger.

Dann drehte er sich um und ging ins Schlafzimmer.

Die Decke lag glatt auf dem Bett. Daneben gab es eingebaute Schränke. Er schob die Tür auf und sah eine Reihe von Kleidern und Mänteln; darüber ein großes Fach. Er schleppte einen Stuhl heran und sah sich das Fach gründlich an.

Er kehrte zurück ins Wohnzimmer. Als er Ursulas schlaffe Gestalt hochhob, ächzte er. Er schleppte sie bis zum Stuhl, stieg hinauf, packte sie unter den Achseln und zog sie neben sich hoch. Er machte eine Pause, um Atem zu holen, während er sie mit dem Arm um ihren Rumpf aufrecht hielt.

Mit letzter Anstrengung stemmte er sie waagrecht hoch zum Fach und zwängte sie hinein, schob sie ganz nach hinten.

Auf dem Schrankboden lagen Schuhe herum. Er nahm ein Dutzend Paare heraus und reihte sie vor dem oberen Fach so auf, daß man vom Boden des Schlafzimmers aus nichts von Ursula sehen konnte. Er glättete die Kleider und Mäntel, schob die Schranktür wieder zu.

Er holte seinen Mantel vom Wohnzimmerboden, griff nach der Abendzeitung, schaute sich um und lauschte kurz an der Wohnungstür, bevor er hinaustrat. Niemand war zu sehen. Er ging mit schnellen Schritten zum Lift, fuhr hinunter und verließ das Haus.

18

Das Telefon schrillte, als er seine Wohnungstür aufsperrte. Er nahm den Hörer ab.

»Connors.«

»Ah, Mr. Connors.« Es war eine leise Frauenstimme. »Hier ist das Altenheim Douglas Randall. Die Leiterin.«

»Ja?«

»Ich habe leider eine sehr schlechte Nachricht. Es handelt sich um Ihren Vater. Er –«

»Ist er tot?«

»Er ist heute nachmittag ganz friedlich eingeschlafen. Ich habe die ganze Zeit versucht, Sie zu erreichen. Bitte, nehmen Sie mein herzliches –«

»Ja. Danke für den Anruf. Soll ich vorbeikommen?«

»Morgen früh genügt es, außer –«

»Ich werde da sein. Noch einmal vielen Dank!« Mit dem rechten Zeigefinger drückte Connors die Gabel nieder. Er starrte ein paar Sekunden auf die Tür, durch die er eben hereingekommen war. Schließlich zog er den Finger zurück und wählte.

»Mrs. Hunt?«

Nach einer Pause sagte sie: »Wenn du wegen des Darlehens anrufst –«

»Nein, ein Vorschlag. Alles ganz solide. Ralph kann mittun, wenn er will. Kann ich es dir erklären?«

»Ich bin wirklich nicht interessiert.«

»Es hängt zusammen mit deinem Reisebüro. Ich bin auf die Idee gekommen –«

»Das mache ich nicht mehr. Wir kommen recht gut aus und wollen an nichts beteiligt sein, also gib dir, bitte, keine Mühe mehr, mich anzurufen!« Sie sagte es, als leiere sie etwas herunter.

Er sagte hastig: »Ich wollte nur vorschlagen, daß wir als Teilhaber zusammenarbeiten. Ich kenne die Leute in der Branche, und wenn du die Korrespondenz übernimmst –«

»Ich habe gesagt, daß ich das aufgegeben habe. Wir sind uns wieder einig, Ralph und ich . . ., und so bleibt es auch.« Wieder eine Pause. »Es gibt sonst nichts zu bereden zwischen uns.«

»Ein zusätzliches Einkommen kann man immer brauchen.«

»Wir kommen durch. Außerdem ziehen wir vielleicht weg. Es hat also keinen Sinn, darüber zu diskutieren.«

»Verstehe.« Connors setzte sich auf die Tischkante. »Ich könnte es aber mit Ralph besprechen.«

»Was heißt, mit Ralph besprechen? Von ihm wirst du dasselbe hören.«

»Das käme darauf an, *was* ich mit ihm bespreche.«

Noch eine Pause.

»Du drückst dich nicht sehr deutlich aus.«

»Ich könnte sehr viel mit ihm bereden. Wie wir beide wissen.« Sie lachte kurz.

»Vielleicht sollten wir eines klarstellen, Mr. Peter Connors. Ralph weiß alles; ich habe es ihm gesagt. Wir haben reinen Tisch gemacht. Sie können sich also die Mühe sparen.«

»Es wäre keine Mühe.«

»Vielen Dank, daß Sie an mich gedacht haben«, sagte sie. »Und wenn Sie mich jetzt entschuldigen, ich muß kochen. Viel Glück mit Ihrem Unternehmen, falls je etwas daraus wird.« Sie legte auf.

Nachdenklich ließ er den Hörer auf die Gabel fallen. Er ging zurück ins Wohnzimmer, zog eine Ausgabe der Abendzeitung aus der Manteltasche und nahm sie mit zum Lehnsessel.

Ohne das Bild auf der ersten Seite zu beachten, schlug er die Zeitung auf und las einen Bericht unter einer zweispaltigen Überschrift zum zweitenmal.

»Polizeibeamte, die den brutalen Mord an Miss Jane Trubshaw am 21. Februar im Haus ihrer Schwester in Dulwich untersuchen, erklärten heute, daß das Opfer entgegen früheren Meldungen eine vergleichsweise wohlhabende Frau gewesen zu sein scheint.

Ein Bauunternehmer aus den West Midlands, mit dem sie bis zu seinem Tode befreundet war, hinterließ ihr ein beträchtliches Vermögen, und Miss Trubshaw, die 43 Jahre alt war, hatte es gewinnbringend angelegt.

›Obwohl sie schlicht gelebt hat, war sie in Wirklichkeit eine begüterte Frau‹, erklärte Kriminalchefinspektor James Ward, der die Ermittlungen leitet.

Er und seine Einsatzgruppe gehen von der Theorie aus, daß der Täter Miss Trubshaw zum Haus ihrer Schwester, Mrs. Eleanor Hunt gefolgt war, wo sie den Abend verbrachte, weil er wußte, daß sie eine große Geldsumme bei sich trug.

›Wenn das zutrifft, würde man eigentlich erwarten, daß sie unterwegs überfallen worden wäre‹, sagte Chefinspektor Ward. ›Aber es könnte irgend etwas dazwischengekommen sein. Der Mörder könnte dann in der Nähe gelauert haben, bis sie wieder herauskommen würde – aber dann sah er Mrs. Hunt das Haus verlassen. Daraufhin könnte er sich entschlossen haben, gewaltsam in das Haus einzudringen.‹

Mrs. Hunt hat bei der Polizei angegeben, ihre Schwester habe die Gewohnheit gehabt, große Geldbeträge mitzuführen. Sie habe stets angenommen, daß es sich dabei um nahezu die gesamten Ersparnisse ihrer Schwester handle.

In der Handtasche der Toten wurde nur Kleingeld gefunden.«

Connors ließ die Zeitung sinken, lehnte sich zurück und starrte an die Decke.

Eine Stunde später saß er immer noch so da.

19

»Vielleicht macht es Ihnen nichts aus, auf dem Rückweg vorbeizukommen und die Sachen Ihres Vaters abzuholen«, sagte die Pflegeheim-Leiterin mitfühlend. »Es ist ja nicht sehr viel.«

»Nein«, sagte Connors. »Er hatte nicht mehr viel.«

Die Heimleiterin, die es sich zur Regel machte, an der Bestattung jedes einzelnen Heiminsassen teilzunehmen, hielt Schritt mit ihm, als sie durch das Krematoriumsgelände gingen.

»Es war eine Erlösung«, sagte sie erwartungsgemäß. »Der arme Mann – er war sich nur noch eine Last.«

»Wir sind einander alle eine Last.«

Sie sah ihn forschend an.

»Nun«, meinte sie zweifelnd, »wir sind einander alle *verantwortlich*, nicht wahr? Aber die Verantwortung kann zu einem Mühlstein werden. Man wäre kein Mensch, wenn man in diesen Fällen nicht auch ein gewisses Maß an Erleichterung spüren würde.«

Connors breitete die Gegenstände auf dem Wohnzimmertisch aus: eine Brieftasche; eine Leselupe; ein paar Bücher. Er blickte auf die Titel. ›Ivanhoe‹, ›Unser gemeinsamer Freund‹, ›Heller Tag‹. Er öffnete die Brieftasche.

In einem Fach befand sich eine Photographie. Sie zeigte seinen Vater an der Tür ihres Lebensmittelgeschäfts, schwach in die Kamera lächelnd, einen Arm um die schmalen Schultern eines kleinen, ernst blickenden Jungen in einem Mini-Overall legend. Auf der Rückseite stand mit verblaßter Tinte geschrieben: ›Ich und Pete, 1948.‹

Die Brieftasche enthielt ferner zwei Briefe, einer davon war an den Knickstellen fast durchgetrennt, kaum noch leserlich. Unterzeichnet war er mit ›Alles Liebe, Hilda‹, datiert von 1946. Darin bedauerte die Briefschreiberin, daß sie ihn und ihren Sohn verlassen müsse. Sie erklärte, daß sie ohne Joe einfach nicht leben könne, weshalb sie mit ihm fortgegangen sei, und gab der Hoffnung Ausdruck, daß die beiden ohne sie besser zurechtkommen würden, und das Essen stehe in der Anrichte.

Der zweite Brief, aus dem Jahre 1965, stammte von Connors' eigener Hand. Nachdem Connors geschildert hatte, daß die Ursache der freiwilligen Liquidierung mangelndes Kapital gewesen sei, dies wiederum zurückzuführen sei auf eine Verschwörung der Gläubiger, die zu einem Vertrauensentzug der Banken geführt habe, fuhr er fort:

›Mit fünftausend Pfund hätten wir es geschafft. Die verdammten Großhändler tragen sehr viel Schuld, ganz zu schweigen von den Steuerhaien. Aber das macht nichts – ich habe Pläne. Ich steige in der Fleet Street ein. Ich war ein paar Monate beim Lokalblatt, und Bill Mackay – erinnerst du dich? Er hat mal über dem Geschäft gewohnt – hat mir versprochen, mich zur ›Chronicle‹ zu bringen. Nächstes Jahr um diese Zeit verdiene ich fünfstellige Beträge. Du brauchst also nicht zu antworten und anzufragen, was ist hiermit, was ist damit? Denn ich weiß, was ich tue. Ich habe es immer gewußt. Wenn du mir nachgegeben hättest, wäre das Geschäft noch vorhanden und würde ein Vermögen einbringen. Aber das ist inzwischen Geschichte. Der springende Punkt ist der: Sobald ich viel Geld verdiene, verschwinden die anderen Probleme. Du bist mit meinen Methoden nie einverstanden gewesen – aber du wirst schon sehen.‹

Der Brief war unterzeichnet mit: ›Alles Gute, Pete‹. Es gab noch eine Nachschrift: ›Ich habe gehört, daß es ein neues Mittel gegen Arteriosklerose geben soll – bekommst du das schon?‹

Er schob Photo und Briefe wieder in die Brieftasche und legte sie auf die Bücher. Nachdem er den Stapel sorgfältig ganz nach hinten gerückt hatte, griff er nach der Morgenausgabe des ›Citizen‹ und schlug sie auf.

Ganz oben auf der zweiten Seite befand sich eine Porträtaufnahme von Ursula. ›Vermißte Journalistin erdrosselt in Schlafzimmerschrank entdeckt‹ stand darunter. In den Artikel war das Phantombild eines schwarzhaarigen Mannes mit schmalem Gesicht eingerückt, den die Polizei im Zusammenhang mit ihren Ermittlungen suchte. Ein solcher Mann, schrieb der Polizeireporter des ›Citizen‹, sei vor ihrem Verschwinden ein- oder zweimal mit Miss Chalmers zusammen gesehen worden; man nehme an, daß er sie in ihrer Wohnung in Putney besucht habe. Der Bewohner eines Nachbarappartements hatte angegeben, er habe gehört...

Connors las und rauchte eine Zigarette. Als sie bis zum Filter heruntergebrannt war, zerdrückte er sie in einem Aschenbecher, faltete die Zeitung säuberlich zusammen, legte sie in eine Schublade, stand auf und ging hinaus zum Telefon. Er wählte eine Nummer und wartete.

»Nachrichtenredaktion«, sagte er. Als sich jemand meldete, fragte er: »Ist Ralph Hunt schon da? Wenn er einen Augenblick Zeit hat.«

Hunts Stimme sagte knapp: »Ja?«

»Peter Connors. Ich trinke in einer Stunde bei Mario Kaffee. Ich möchte, daß Sie hinkommen.«

Nach einer kurzen Pause sagte Hunt: »Wir haben nichts zu besprechen.«

»Ganz im Gegenteil. Wenn ich nicht mit Ihnen darüber rede, dann vielleicht mit... jemand anderem. Es wäre ratsam für Sie, hinzukommen, Ralph.«

Die Polsterung der Bank auf der anderen Tischseite knarrte unter Hunts Gewicht.

»Kann nicht lange bleiben«, sagte er gepreßt. »Wir sind nicht vollzählig in der Redaktion. Was wollen Sie?«

Connors schob ihm die vier Tage alte Abendzeitung hin, aufgeschlagen auf der Seite, wo die Doppelspalte über Jane Trubshaw erschienen war. Connors hatte ihn mit roter Tinte eingerahmt. Hunt warf einen Blick darauf.

»Ja, habe ich gesehen. Kein Grund zur Beunruhigung.«

»Ich bin nicht beunruhigt. Eher angeregt.«

Hunt zuckte die Achseln.

»Nun ja, Jane war eben finanziell besser gestellt, als die Leute dachten. Kommt oft vor.«

»Wer bekommt ihr Geld?«

»Woher soll ich das wissen? Bis das Testament eröffnet ist –«

»Ich kann es Ihnen sagen. Es geht an Ihre Frau.«

Hunt zog die Brauen hoch.

»Sie haben das Testament gesehen?«

»Nicht nötig. Ihre Schwägerin hatte sonst keine Angehörigen. Sie hatte Ihrer Frau gesagt, daß sie alles ihr hinterlassen würde.«

Die Bedienung kam von der Theke herüber und stellte einen Krug über Hunts Schulter auf den Tisch, wobei der Inhalt überschwappte. Hunt rückte auf der Bank ein Stück weiter und sah Connors prüfend an.

»Darf ich fragen, woher Sie das wissen?«

»Ihre Frau hat es mir mitgeteilt.«

»Bedaure, das glaube ich Ihnen nicht.«

»Eleanor und ich standen in enger Beziehung zueinander.«

»Ja.« Hunt schaute sich nach der Kellnerin um, die mit einem großen Schwamm zurückkam. »Sie hat mir davon erzählt.«

Das Mädchen wischte die Pfütze auf und entfernte sich. Hunt rückte wieder auf seinen alten Platz zurück.

»Das ist vorbei und vergessen«, fuhr er fort. »Wollten Sie sonst noch etwas sagen?«

Connors zündete sich eine Zigarette an und spielte mit dem Feuerzeug.

»Nur, daß es so aussieht, als würden Sie bei der Sache mehr herausholen, als Sie angenommen hatten.«

»Vermutungen. Hängt davon ab, was Jane hinterlassen hat, ob sie es Eleanor vermacht hat – alles Ungewißheiten. Wir denken nicht einmal daran, das kann ich Ihnen sagen.«

»Dann sollten Sie lieber damit anfangen.« Connors beugte sich vor. »Denn die Lage scheint sich so darzustellen: Ich habe mir die Hände für Sie schmutzig gemacht, und Sie sind jetzt im Begriff, den Gewinn einzustreichen. Auf diese Art und Weise mache ich keine Geschäfte.«

»Wenn es einen Gewinn geben sollte, wie Sie sich ausdrücken, dann nicht von der Art, wie wir ihn uns ursprünglich vorgestellt hatten. Damit ist hinfällig, was –«

»Die technischen Details können Sie sich schenken.« Connors ließ das Feuerzeug aufschnappen. »Die Leistung, die ich erbracht habe, war auch nicht die zunächst vorgesehene. Auf das Entscheidende hat das alles keinen Einfluß.«

»Und das wäre?«

»Wir hatten eine Vereinbarung. Halbe-halbe.«

Hunt schwieg.

Connors blies die Flamme aus.

»Die Vereinbarung gilt.«

»Sie vergessen etwas«, sagte Hunt ruhig. »Wenn Vermögen vorhanden ist, dann geht es an Eleanor, nicht an mich.«

»Sie sind ja jetzt gute Freunde. Da dürfte es keine Schwierigkeiten geben.«

Hunt stützte einen Ellenbogen auf den Tisch auf.

»Wenn ich nun keine Verpflichtung sehe, Ihnen auch nur einen Penny zu geben?«

»Dann müßte ich vielleicht anfangen ..., der Polizei behilflich zu sein.«

Hunt lächelte schwach.

»Unterstellen wir, daß Sie entschlossen wären, sich selbst zu ruinieren –«

»Bilden Sie sich nicht ein, daß Sie ungeschoren davonkämen. Gewiß, ich käme hinter Gitter – na und? Ich habe nichts zu verlieren. Wenn ich nicht auf irgendeine Weise zu Geld komme, ist mir ziemlich gleichgültig, was geschieht. Ich würde mich an Ihrer Stelle also nicht darauf verlassen, daß ich Ihnen aus Eigeninteresse keine Schwierigkeiten bereite. Das zieht nicht.«

Hunt hatte ihn gründlich beobachtet.

»Ich glaube, das ist Ihr Ernst.«

»Das dürfen Sie auch glauben.«

»Aber Sie vergessen dies und jenes. Weshalb sollte die Polizei dem, was Sie sagen könnten, Bedeutung beimessen? Sie haben die ganze Tat allein ausgeführt. Es gibt keine Verbindung zu mir.«

»Nein? Ihre Frau ist im Begriff, von jemandem ein Vermögen zu erben, den man ermordet in Ihrem Haus gefunden hat, und Sie machen sich vor, die Polizei stelle keine Überlegungen in dieser Richtung an? Das sind doch keine Dummköpfe. Mag sein, daß nicht viel an die Öffentlichkeit dringt, das heißt aber nicht, daß man sich keine Gedanken macht. Gerade Sie sollten das wissen.«

Hunts Miene wurde nachdenklich. Er blieb stumm.

»Sie können sich darauf verlassen, daß man alles versuchen wird, um einen Zusammenhang aufzuspüren – selbst wenn man Ihnen darüber nichts sagt. Und wenn Sie genau überlegen: Ein paar Anhaltspunkte gibt es da schon. Denken Sie etwa an Ihren Anruf zur entscheidenden Zeit. Zufall? Wenn die Polizei noch ein bißchen mehr in die Hand bekommt, könnte sie das anders nennen. Dann wird man uns zusammen gesehen haben, Sie und mich: bei Bill Mackays Party, hier, im ›Barbican‹. Nichts Schlüssiges, aber es fügt sich alles gut zusammen. Und dann ist da ja noch das Tonband.«

An Hunts Hals zuckte ein Muskel.

»Damit können Sie mich nicht erschrecken.«

»Wenn Sie glauben, daß das ein Bluff ist, bitte. Ich habe Sie darauf hingewiesen, daß ich das Gespräch aufnehme. Allein für sich wäre auch das kein Beweis, aber im Zusammenhang... Sie sehen doch, wie problematisch es für Sie werden könnte?«

»Langsam, ja«, sagte Hunt gedehnt.

»Sind Sie ausführlich vernommen worden?« Connors beobachtete das Gesicht des anderen. »Wie ich sehe, ja. Dann versuchen Sie sich vorzustellen, was man mit Ihnen machen würde, wenn ich rede. Sie hätten überhaupt keine Chance. Da könnten Sie schreien, soviel Sie wollen, daß man Sie zum Sündenbock stempeln wolle. Der Haken bei der Sache ist, daß alles nur zu plausibel wäre. Es würde alles passen.« Connors lehnte sich zurück und sog an seiner Zigarette, bevor die Asche in den kalten Kaffee seiner Tasse fiel, wo sie herumschwamm wie Industrieabfall. Hunt starrte hinein. Seine Augen waren starr und schienen nichts zu sehen.

»Der Haken dabei ist, daß Sie bluffen«, sagte er. »Sie würden nicht hingehen und sich stellen – nicht einfach, um mich zu belasten. Weshalb auch?«

Connors blies Rauch in die Luft.

»Ich habe keine Arbeit. Ich habe Schulden. Täuschen Sie sich nicht, Ralph. Wenn ich nicht zu Geld komme, interessiert mich die Freiheit auch nicht mehr. Man kann mich meinetwegen ruhig einsperren, wenn es nicht anders geht.«

Hunt starrte ihn an.

»Okay«, sagte er. »Sie haben mich überzeugt.«

Connors drückte die Zigarette flach.

»Wie bald?«

»Eine Testamentseröffnung braucht Zeit. Wir rechnen mindestens mit einigen Monaten. Selbst wenn wir unterstellen, daß Eleanor erbt, was wir noch gar nicht wissen. Ich könnte auf keinen Fall –«

»Ich habe Eleanor neulich abends angerufen. So, wie sie sich ausdrückte, hatte ich das Gefühl, daß sie keine Zweifel über die Beute hat.«

Hunt begann seinen Mantel zuzuknöpfen.

»Ich melde mich bei Ihnen.«

»Ich will jetzt eine Entscheidung.«

»Das ist doch Wahnsinn. Die Entscheidung liegt nicht bei mir.«

»Sonst rede ich morgen mit der Kriminalpolizei.«

Nach einigem Zögern sagte Hunt‹ »Ein Vorschlag. Fahren Sie jetzt mit zu mir nach Hause – ich rufe in der Redaktion an und melde mich krank –, dann können wir mit Eleanor darüber reden. Wir werden so tun müssen, als wollte ich eine geschäftliche Unternehmung von Ihnen finanzieren. Wenn sie glaubt, es könnte sich bezahlt machen, wäre sie vielleicht bereit, eine zweite Hypothek auf das Haus aufzunehmen oder auf andere Weise Geld zu beschaffen, im Hinblick auf die zu erwartende Erbschaft. Danach –«

»Eleanor schien neulich nicht sehr scharf auf geschäftliche Vorschläge zu sein.«

»Überlassen Sie das mir. Sie hat durchaus einen Geschäftssinn, und wenn sie sich Gewinn verspricht, kann sie nicht widerstehen. Ich rufe sie vorher an und sage ihr Bescheid, daß wir kommen.«

Connors stand auf.

»Der Wagen steht vor Lincoln's Inn«, sagte er. »Was hält uns noch auf?«

20

»Hallo, Peter«, sagte Eleanor. Sie betrachtete ihn kurz, bevor sie sich umdrehte und durch die Diele ins Wohnzimmer vorausging. Die Möbel waren aufgestellt um ein Zentrum, das aus einem schweren Kaffeetisch aus Glas und Stahl bestand, mit einem Tablett, auf dem Tassen standen, und ein paar Zeitschriften. Der Schreibtisch war aus der Nische verschwunden, ersetzt durch einen großen Polstersessel und eine Stehlampe. Der Teppich sah neu aus. Eleanor drehte sich um. »Willst du dich nicht setzen?«

Connors ließ sich in einem hellen Ledersessel nieder, der unter seinen Bewegungen nachgab. Die Hunts setzten sich nebeneinander auf das Sofa.

»Möchte jemand etwas trinken?« fragte Eleanor.

Ihr Mann schüttelte den Kopf.

»Peter hat einen geschäftlichen Vorschlag für uns.«

»Ja?« Sie blickte von einem zum anderen.

»Wir müßten uns finanziell engagieren, aber die Gewinnaussichten sind gut.«

Eleanor lehnte sich zurück.

»Wie gut?«

»Das kommt darauf an.«

»Und wieviel würde man brauchen?«

»Eine ordentliche Summe«, sagte Connors.

Eleanor sah ihren Mann an.

»Ich nehme an, du hast es dir erklären lassen? Verspricht das Projekt etwas?«

»Es gibt Faktoren, die zu seinen Gunsten sprechen«, erwiderte er nach einer Pause.

»Aber auch welche dagegen?«

»Einen oder zwei, ja.«

Connors schaukelte mit seinem Sessel.

»Ralph ist übervorsichtig, Eleanor. Wir haben die Sache schon besprochen und sind uns einig, daß beide Seiten nicht verlieren können.«

»Verstehe.« Sie griff nach der Kaffeekanne, goß Kaffee ein und fügte Milch hinzu. Sie hob den Kopf.

»Vielleicht einen Schluck Kaffee?«

Er schüttelte den Kopf. Eleanor lehnte sich zurück mit der Tasse in der Hand.

»Ich sollte aber doch wohl erfahren, um welche Art von Geschäft es sich handelt, nicht?« meinte sie.

»Es hängt mit Reisen zusammen«, sagte Connors.

»Ich habe schon am Telefon nein gesagt.«

»Das wäre lediglich ein Bareinsatz.«

»Aber was ich nicht begreife ist, weshalb du zu uns kommst«, sagte sie und blickte stirnrunzelnd in die Tasse. »Wir haben kein Geld.«

»Peter bildet sich ein, daß du von Jane in deren Testament so gut bedacht wirst«, sagte Hunt.

Ihre Augen weiteten sich.

»Da weiß er mehr als ich.«

»Aber unter der Voraussetzung, daß es so kommt –«

»Ich habe keine Ahnung, was in Janes Testament steht, und ich denke auch gar nicht darüber nach. Im übrigen wird es Monate dauern, bis das alles abgewickelt ist. Und selbst wenn sie mir etwas vermacht hätte, würde ich nicht auf der Stelle damit anfangen, zweifelhafte Geschäfte zu unterstützen, auf das Risiko hin, alles zu verlieren.«

Connors verschränkte die Hände hinter dem Kopf.

»Möglicherweise ist dir nicht klar, welche Nachteile für dich und Ralph gegeben wären, wenn ihr nicht einsteigt.«

»Möglicherweise. Das regt mich nicht auf. Jane kann ihr ganzes Geld ja einem Tierschutzheim vermacht haben. Aber darauf kommt es nicht an. Das Entscheidende ist, ich würde kein Geld in ein riskantes Unternehmen stecken. Wenn es ein rauschender Erfolg wird, gut für dich, aber laß mich aus dem Spiel.«

Hunt wandte sich ihr zu.

»Ich halte das für keine schlechte Idee.«

»Was hältst du für keine schlechte Idee?«

»Daß wir bei Peter investieren. Auf die Dauer gesehen, könnten wir einen Gewinn davon haben.«

Sie nippte an ihrem Kaffee.

»Ich habe es schon zweimal gesagt. Es gibt keinen Grund anzunehmen, daß ich in Janes Testament bedacht bin, also ist das ganze Gerede reine Theorie.«

»Deine Schwester war eine reiche Frau«, sagte Connors. »Das steht fest. Und du bist ihre einzige Verwandte. Das hast du mir selbst gesagt.«

»Das heißt aber nicht –«

»Du profitierst von ihrem Testament ganz gewiß. Glaubst du, ich weiß nicht, weshalb Ralph seine Einstellung dir gegenüber geändert hat? Und wenn *du* es nicht kannst, bist du noch dümmer, als ich gedacht habe.«

Die beiden saßen regungslos auf dem Sofa und sahen ihn an.

»Und ich will dir noch etwas sagen, Eleanor. Wenn du nicht einverstanden bist, wirst du Ralph nicht mehr lange haben. Das ist ganz sicher.«

»Wie kommst du darauf?« fragte sie ruhig.

»Frag ihn das lieber selbst!«

Sie drehte den Kopf.

»Sag es mir, Ralph!«

»Vielleicht glaubt er, ich bringe dich um, damit ich an dein Geld komme.«

»Oh. Nun, von deinem Standpunkt aus wäre das ja auch verständlich, nicht wahr?«

»Lukrativ.«

»Aber ein bißchen riskant.«

»Wieso?« fragte Hunt ernsthaft.

»Weil du dir eine ganz raffinierte Methode einfallen lassen müßtest. Ich meine, zwei Todesfälle in einem Haus, so schnell hintereinander...«

»Auch wahr.«

»Aber Ralph verfügt schließlich über eine Phantasie, die sich sehen lassen kann«, meinte Connors.

»Er ist bei Einzelheiten sehr tüchtig, das gebe ich zu.« Sie stellte ihr Tasse auf das Tablett zurück. »Deshalb ist vorher alles so gut gegangen.«

Connors' Hände sanken auf die Armlehnen herunter.

Eleanor sah ihn mit großen Augen an.

»Nicht bequem, Peter? Nimm den anderen Stuhl, wenn er dir lieber ist.«

»Was hat Ralph dir erzählt?«

»Mir erzählt? Er brauchte mir nichts zu erzählen. Ich weiß schon seit geraumer Zeit alles.«

Connors' Finger umklammerten die Polsterlehnen. Eleanor machte es sich wieder bequem, bevor sie an den Fingern abzuzählen begann.

»Kein Kapital. Hohe Lebensversicherung. Plan, an das Geld zu kommen. Falsches Opfer. Habe ich etwas ausgelassen?«

Connors starrte sie an.

»Nur war es *doch* das richtige Opfer«, fügte sie hinzu.

Das Leder unter Connors quietschte. Seine Fingerknöchel waren weiß.

»Eleanor hat gute Ideen«, sagte Hunt. Er richtete einen kurzläufigen Revolver auf Connors.

»Ich gebe dir recht, Liebling.« Eleanor saß entspannt auf dem Sofa. »Er ist zu gefährlich, als daß man ihn sich selbst überlassen dürfte.«

»Weshalb, glaubst du, habe ich ihn mitgebracht?«

»Ich muß sagen, am Telefon bist du in einer Panik gewesen..., aber ich verstehe jetzt, was du gemeint hast. Die Frage ist –«

»Was nun?«

»Wir müssen uns etwas einfallen lassen.«

»Das sollte euch nicht schwerfallen«, sagte Connors heiser.

»Aber du machst es uns schwer«, sagte sie verärgert. »Wir haben damit gerechnet, daß du um deiner selbst willen den Mund hältst. Jetzt bist du anscheinend entschlossen, dir selbst die Nase abzuschneiden, um uns zu ärgern. Das können wir nicht zulassen. Aber...« Sie wandte sich ihrem Mann zu. »Wir stehen jetzt schon unter Verdacht. Was machen wir mit ihm?«

»Laß mich einmal überlegen!«

»Es gibt einen ganz einfachen Weg«, sagte Connors. »Zahlt mir meinen Anteil, und ich lasse euch in Ruhe.«

»Aber wir haben noch nichts, womit wir dich bezahlen können«, erklärte sie mit kindlicher Gereiztheit. »Es wird Monate dauern, bis ich von Janes Vermögen einen Penny sehe. Außerdem haben wir das alles nicht gemacht, damit wir die Hälfte hergeben können. Ich sehe das gar nicht ein.«

»Ich denke gar nicht daran«, sagte Hunt.

Connors regte sich in seinem Sessel.

»Ich habe nur Witze mit euch gemacht. Ich würde nie zur Polizei gehen. Bin ich verrückt?«

»Das ist eine Möglichkeit, die wir berücksichtigen müssen.« Hunt hatte die Waffe auf seinen Unterarm gelegt, um ruhig zielen zu können. »Sie haben unser Vertrauen ziemlich ausgehöhlt, mein Lieber. Wir waren so sicher, daß Sie, um sich selbst nicht hineinzureiten, den Mund halten würden ... Aber wenn Sie anfangen zu toben, es sei Ihnen egal, was passiert, dann müssen wir alles neu überdenken.«

»Damit wollte ich Sie doch nur zwingen...«

»Das haben Sie erreicht.«

»Ich nehme ein Viertel von dem Geld. Sobald ihr es habt.«

»Nett von Ihnen.«

»Dann schlagen Sie etwas anderes vor. Ich bin einverstanden mit allem, was ihr –«

»Ich kann nicht nachdenken, wenn er dauernd quatscht«, sagte Hunt zu seiner Frau. Er gab ihr den Revolver. »Sorg dafür, daß er brav ist. Ich gehe in die Küche, um nachzudenken.«

»Laß dir nicht zu lange Zeit!«

»Es eilt nicht so. Er hat keine Angehörigen, die sich fragen würden, wo er bleibt.« Hunt verließ das Zimmer.

»Ellie –«, sagte Connors.

Sie schüttelte den Kopf.

»Zwecklos, Schatz. Was mich angeht, war niemals etwas dahinter. Ralph genügt mir, also kannst du dir die Gefühlsergüsse sparen.«

»Du erwartest, daß ich dir das glaube?«

Sie hielt die Waffe ruhig auf ihn gerichtet.

»Es kommt nicht darauf an, was du glaubst oder nicht glaubst. Wenn es dir wichtig erscheint, deine Meinung von dir als großen Liebhaber beizubehalten, laß dich von mir nicht aufhalten.«

Sein Mund verzog sich.

»Du bist verrückt nach mir gewesen.«

»So?« Sie lächelte einen unsichtbaren Zeugen an.

»Du hast gesagt, du könntest es nicht ertragen, wenn er dich anrührt.«

»Ah... hm. Du darfst nicht so viel auf das geben, was die Leute sagen. Den Eindruck mußte ich doch erwecken, nicht?«

»Du willst mir weismachen, du hättest mich von Anfang an benutzt? Du hast den Verstand verloren.«

Sie spitzte die Lippen.

»Du bildest dir doch nicht ein, das sei etwas gewesen, was wir einfach so improvisiert hätten? Das ist genau ausgedacht, mein Lieber. Genau geplant, von Grund auf – und das war harte, unerfreuliche Arbeit, glaub mir. Und deshalb sind wir nicht so begierig darauf, das jetzt einfach wegzuwerfen.«

»Deine Schwester war von Anfang an das Ziel?«

»Wer sonst? Sie hatte viel Geld und wollte es mir hinterlassen. Das hat sie mir selbst gesagt. Problem: Wie es in die Hand bekommen, ohne dreißig Jahre warten zu müssen. Dann kamst du daher. Sofort, als sich herausstellte, daß du Interesse zeigtest, fiel der Groschen. Wohlgemerkt, ich rede mir nicht ein, daß ich dich völlig verrückt gemacht hätte –«

»Ich habe nie *so* viel auf dich gegeben.«

»Geht in Ordnung«, sagte sie gelassen. »Beruht auf Gegenseitigkeit. Es spielte auch gar keine Rolle, vorausgesetzt, daß du dich für das Bare genug interessiertest, und das war bei Gott der Fall. Da kam ich auf die Idee mit den angeblichen Lebensversicherungen. Zuerst redete ich dir die Geschichte ein, dann leistete Ralph seinen Beitrag. Gemeinsam –«

Aus Connors' Gesicht war alles Blut gewichen. Er sagte gepreßt: »Ich glaube kein Wort davon. Warum alle beide?«

»Nun, mein Lieber, wir mußten herausbekommen, ob du wirklich fähig warst zu tun, was wir wollten. Als du so weit warst, dich im ›Chronicle‹-Gebäude aufzustellen, um Ralph über das Geländer zu stoßen, wußten wir, daß wir den Richtigen gefunden hatten. Also machten wir weiter.«

»Deine Schwester –«

»Jane kam an jenem Abend auf meine Einladung ins Haus. Als sie hier war, sagte ich ihr, ich müßte zu einem Kunden und bat sie, ans Telefon zu gehen, falls jemand anrufen sollte. Ich sage dir das alles«, erklärte Eleanor offen, »um dich davon zu überzeugen, daß wir es ernst meinen – und auch, um ein für allemal jeden Zweifel daran auszuschließen, daß mir deine Reize nie etwas bedeutet haben. Schließlich habe ich auch meinen Stolz. Ich wollte dich das nur wissen lassen.«

»Du gemeines, hinterlistiges Dreckstück.«

Hunt kam zurück.

»Geht das Geschimpfe los?« fragte er seine Frau.

»Ich habe ihm nur ein paar Dinge erläutert.« Sie atmete auf. »Das hat mir gut getan.«

»Inzwischen ist mir etwas eingefallen«, sagte Hunt und nahm den Revolver wieder an sich. »Hol deinen Mantel, Liebes, es schneit!«

21

Die beiden Männer saßen hinten im Jaguar, Eleanor steuerte das Fahrzeug. Hunt hielt die Waffe auf Connors gerichtet.

»Guter Geschmack, was Autos angeht«, sagte er. »Für jemanden, der Schulden hat, ist es sogar ein sehr guter. An der Kreuzung links, Liebes. Dann ungefähr eine Meile geradeaus.«

»Wenn man uns nun gesehen hat, als wir mit ihm wegfuhren?«

»Durch den Garten hinter dem Haus? Ausgeschlossen. Warum, glaubst du, habe ich dafür gesorgt, daß du uns in größerer Entfernung vom Haus aufnimmst?«

»Wenn ihr versucht, mir Angst einzujagen«, sagte Connors, »könnt ihr euch die Mühe sparen. So leicht breche ich nicht zusammen.«

»Wir wollen Ihnen keine Angst einjagen.«

Der Jaguar fuhr fast lautlos durch eine Wohnstraße, die mit glitzerndem Schnee bedeckt war. Die Scheibenwischer fegten Schneeschleier weg, die aber sofort durch neue ersetzt wurden.

»Paß auf, nicht so schnell«, warnte Hunt.

»Die Beschleunigung ist phantastisch«, sagte Eleanor begeistert. Sie lenkte den Wagen sicher.

»Vorne am Platz nach rechts. Und paß lieber auf die Straße auf, die Leistung des Autos interessiert uns jetzt nicht.« Hunt starrte Connors an. »Möchten Sie vielleicht die Finger von dem Türöffner nehmen? Wir würden Sie ungern verlieren.«

Connors verschränkte die Arme.

»Vorher sind Sie nur zu eifrig gewesen. Sie konnten mich nicht schnell genug loswerden. Weshalb der Umschwung?«

»Sie sind derjenige gewesen, der die Dinge zum Kochen gebracht hat«, erinnerte ihn Hunt.

»Aber jetzt schlage ich vor –«

»Für Vorschläge ist es zu spät. Wir hörten heute abend schon einige, die uns nicht gefallen. Jetzt nach rechts, Liebes. Vorsicht in der Kurve.«

Die Reifen zischten durch den Schnee, drehten kurz durch, als sie zu stark Gas gab, griffen aber wieder, als Eleanor den Fuß vom Gaspedal nahm. Die Straße führte durch eine freie Landschaft. Auf der linken Seite glänzte in weiter Ferne ein Licht, überall sonst war es dunkel. Die Schneeflocken wirbelten im Scheinwerferlicht. Man sah kein anderes Fahrzeug. Eleanor sagte, ohne sich umzusehen: »Wo geht es nun hin?«

»Die übernächste Einmündnung. Die Straße ist sehr schmal und gewölbt, also paß auf.«

Sie bremste stark ab und kam an der Einmündung fast zum Stehen, bevor sie den Wagen langsam um die Kurve lenkte. Sie richtete das Lenkrad gerade und sagte: »Die Sterne sagen mir heute, daß ich bei einem Problem, das mich belastet, eine Entscheidung treffe.«

Hunt gab einen Brummlaut von sich.

»Gar nicht komisch«, sagte sie. »Bisher hat immer alles gestimmt. Bei dir heißt es, daß Dinge, die du jetzt tust, später finanziellen Gewinn bringen.«

»Das ist natürlich eine Erleichterung. Fahr da hinein, wo es ganz flach ist. Ein gutes Stück von der Straße weg, hinter den Ginster.«

Der Wagen rollte nach links auf das schneebedeckte Bankett und kam neben dem Gebüsch, das unter der Schneelast schwankte, zum Stillstand. Eleanor zog die Handbremse an.

»Abstellen?«

»Nein, laß den Motor laufen.« Hunt schaute nach vorn und nach hinten. »Steig aus, Liebes. Paß auf, ob jemand kommt... aber in einer solchen Nacht rührt sich bestimmt nichts.« Er winkte Connors mit dem Revolver. »Steigen Sie auf meiner Seite aus, aber langsam. Versuchen Sie keine Tricks! Wenn es sein muß, schieße ich. Bilden Sie sich nicht ein, ich würde es nicht tun.« Er tastete nach dem Türhebel, öffnete die Tür, schob sich hinaus und hielt die Waffe auf Connors gerichtet. »Los jetzt.«

Connors stieg hinter ihm heraus. Der Schnee knirschte unter ihren Sohlen.

»Bleiben Sie am Wagen stehen«, befahl Hunt. »Arme hängen lassen. Jetzt umdrehen.«

»Ralph, was hast du vor?« sagte Eleanor.

»Was hast du gedacht?«

»Ich will nicht zusehen.«

»Dann dreh den Kopf weg.«

»Was ist denn, Ellie?« sagte Connors über das Autodach hinweg. »Nicht so scharf auf die praktische Anwendung? Du bleibst lieber bei der Theorie und sparst dir den Anblick?«

»Mund halten«, fuhr ihn Hunt an.

»Ralph – es muß doch einen anderen Weg geben.«

»Was ist los mit dir? Ich ziehe ihm eins über, das ist alles. Da unten ist eine Kiesgrube, in der Grundwasser steht, gleich vor dem Wagen. Kapiert?«

»Aber wie kommen wir nach Hause?«

»Es gibt eine Buslinie, eine halbe Meile von hier. Sobald wir –«

Connors schnellte herum und schlug Hunt den Revolver aus der Hand.

Die Waffe flog ins Gebüsch. Connors hetzte an Hunt vorbei, stolperte über unter dem Schnee liegende Steine, fand das Gleichgewicht wieder und erreichte die Straße. Er hörte einen Schrei hinter sich.

»Schnell – in den Wagen!«

Als Connors seine Richtung wählte, sprang der Motor des Jaguar an; die Scheinwerfer drehten sich in seine Richtung. Er versuchte schneller zu laufen, verlor den Halt und stürzte kopfüber in den Schnee.

Er spuckte das Zeug aus, sprang hoch, versuchte auf der rutschigen Wölbung Halt zu finden, glitt wieder aus und fiel hin. Bevor er sich wieder aufgerichtet hatte, war der Jaguar über das Bankett gerollt und kam in seine Richtung gefahren, während die Reifen sich wild drehten und Halt zu finden versuchten. Connors begann rutschend und schwankend zu traben.

Auf beiden Seiten hatte er jetzt schneebedecktes Laub unter seinen Füßen. Er suchte nach einer Lücke und verlor wieder das Gleichgewicht; die Beine rutschten unter ihm weg. Er glitt hilflos über die Straße. Die Scheinwerfer des Jaguar näherten sich rasch und tauchten den Schnee in blendendweißes Licht.

In letzter Sekunde rollte er sich zur Seite ins Ginstergebüsch. Der Wagen fuhr vorbei, und das Hinterrad streifte seine rechte Ferse. Die Bremslichter leuchteten auf.

Der Jaguar schlingerte wild, rutschte nach rechts ab, prallte gegen die Böschung und wurde zurückgeschleudert. Der Ginster auf dieser Seite bot keinen Widerstand. Das Fahrzeug brach hindurch und rollte weiter in einer weißen Wolke.

Ein paar Augenblicke lang war der Motor zu hören, das Scheinwerferlicht noch zu sehen. Dann trat Stille ein. Es folgte ein lautes Klatschen. Das Licht verschwand. Man hörte ein leises Zischen, dann erstarb auch das. Connors kauerte in der Dunkelheit, eingehüllt von Lautlosigkeit. Zwischen Kragen und Haut rollten eisigkalte Schneekügelchen hinab.

Er stand mühsam auf, hielt sich am Ginster fest und setzte sich in Bewegung. Wenn er auf dem Bankett blieb, wo der Schnee tiefer war, kam er ganz gut voran.

Nach vierzig Minuten sah er die Lichter einer Hauptstraße.

22

Das Telefon läutete, als Connors frühstückte.

»Mr. Peter Connors? Hier ist die Polizei, Upton Road. Sind Sie der Besitzer einer Jaguar-Limousine Automatic, Kennzeichen L – X – K –«

»Der bin ich. Ich wollte Sie eben anrufen. Ist etwas passiert?«

»Warum fragen Sie, Sir?«

»Ich habe den Wagen gestern Bekannten von mir geliehen. Sie wollten ihn gestern abend zurückbringen, blieben aber aus. Ich habe immer wieder bei ihnen angerufen, aber es meldet sich niemand. Sie haben doch keinen Unfall gehabt, oder?«

»Ich fürchte, ich habe eine schlechte Nachricht für Sie.«

»Sind sie verletzt?«

»Der Wagen ist heute früh gefunden worden. Halb versunken in einem See auf dem Sidbeck-Gemeindeland. Die Insassen haben sich nicht befreien können.«

»O Gott.«

»Beiden war nicht mehr zu helfen, tut mir leid. Sie sind identifiziert worden als Mr. und Mrs. Hunt – Ralph Hunt und Frau. Sind das Ihre Bekannten, Sir?«

»Ja, das waren Freunde von mir.«

»Wir haben uns mit einem Vetter von Mr. Hunt in Verbindung gesetzt, zur endgültigen Identifizierung. Wir wären Ihnen dankbar, wenn Sie in der Station vorbeikommen würden, Mr. Connors.«

»Ja, gewiß. Upton Road, sagten Sie?«

»Verlangen Sie Sergeant Barclay.«

»Ich bin in einer Stunde bei Ihnen.«

Als er ankam, meldete eine kleine, alte Frau unter Tränen den Verlust ihrer Katze. Der diensthabende Sergeant notierte sich die Einzelheiten geduldig.

»Wir geben Ihnen Bescheid, ja. Sobald wir etwas erfahren. Wohlgemerkt, normalerweise werden uns keine Katzen gebracht, die sich verlaufen haben. Versuchen Sie es mit einem Zettel an Ihrem Zaun. Ja, rufen Sie heute Nachmittag wieder an, wenn Sie wollen. Fast ganz schwarz, mit kleinen weißen Flecken an den Beinen... Das habe ich mir aufgeschrieben. Wir tun unser Bestes. An Ihrer Stelle würde ich heimgehen und nachsehen, ob sie nicht zurückgekommen ist. Ja, Ihre Telefonnummer habe ich mir auch aufgeschrieben...«

Der Sergeant sah ihr mitfühlend nach, bevor er sich Connors mit traurigem Lächeln zuwandte.

»Sozusagen auch eine der kleinen Katastrophen im Leben. Was kann ich für Sie tun, Sir?«

»Ich bin Peter Connors. Es hieß, ich –«

»Ah, Mr. Connors.« Der Sergeant klappte die Theke hoch. »Der zuständige Beamte möchte Sie sprechen. Bitte, hier durch.«

Connors ging mit ihm durch einen Korridor.

»Bei dem Wetter einen schwarzen Kater zu finden, dürfte nicht so schwer sein«, sagte der Sergeant über die Schulter. »Auf dem Schnee muß er ja auffallen. Sind die Hauptstraßen schon gestreut? Das ist ja heutzutage eine Tragödie. Sie haben Dutzende von diesen Fahrzeugen und keine Leute, die sie lenken.« Er klopfte an eine Tür und öffnete sie nach innen.

»Mr. Peter Connors«, sagte er ins Zimmer hinein.

»Nehmen Sie doch Platz!«

Der Beamte an seinem Metallschreibtisch blieb sitzen. Er war in mittlerem Alter und stämmig, mit breitem Gesicht und nur noch wenigen Haarsträhnen. »Ich bin Kriminalchefinspektor Ward.

Wie ich höre, gehört der Jaguar, den man auf dem Gelände von Sidbeck im Wasser gefunden hat, Ihnen.«

Die Tür schloß sich leise hinter Connors, als der Sergeant davonging.

»Er hat mir gehört.«

»Hat?«

»Ich nehme an, es wird nicht mehr viel von ihm übrig sein.«

Chefinspektor Ward blickte auf einen Zettel.

»Sie haben leider recht. Schwere Beschädigungen an der Frontseite... Sie sind nicht an der Unfallstelle gewesen?«

»Bis jetzt noch nicht. Der Sachschaden ist unwichtig. Man kann das reparieren oder einen neuen Wagen kaufen, aber einen Menschen nicht wieder lebendig machen.«

»Richtig. Waren das gute Freunde von Ihnen?«

»Wir waren bekannt miteinander.«

Der Chefinspektor runzelte ein wenig die Stirn.

»Sie müssen doch eine etwas engere Beziehung gehabt haben.«

»Warum?«

»Man borgt seinen Bekannten doch sicherlich nicht ohne weiteres einen so teuren Wagen?«

»Ich habe Mr. Hunt geraume Zeit beim ›Southern Chronicle‹ gekannt. Ich war durchaus bereit, ihm einen kleinen Gefallen zu tun.«

»Wohin wollten sie mit dem Wagen, wissen Sie das?«

»Er sagte etwas von einem Filmtheater. Ich nahm an, daß es irgendwo einen Film gab, den sie unbedingt sehen wollten.«

»Demzufolge, was Sie meinem Sergeanten gesagt haben –« Ward griff nach einem Blatt Papier – »hätten sie gestern abend das Fahrzeug zurückbringen sollen. Eine etwas merkwürdige Vereinbarung. Wie wären sie von Ihrer Wohnung nach Hause gekommen?«

»Ich hätte sie hingefahren. Ich wollte nicht den ganzen Abend aufwenden, aber das hätte ich doch gemacht.«

»Sie sind ein entgegenkommender Mensch«, sagte Ward humorvoll. »Wenn Sie Ihren Wagen den Leuten nicht borgen, dann wollen Sie ihn verschenken.« Er sah Connors freundlich an. »Falls die Presse das nicht erfunden hat, war das derselbe Jaguar, den Sie kürzlich Ihrer Freundin schenken wollten, habe ich recht?«

»Wenn Sie davon gelesen haben, wissen Sie so viel wie ich«, sagte Connors.

»Ich möchte nicht in alten Wunden rühren, aber ich muß schon sagen, daß das, selbst für ein hübsches Mädchen, ein überaus großzügiges Geschenk gewesen wäre, von einem Mann in Ihrer Position. Wenn ich mir die Bemerkung erlauben darf, Mr. Connors.«

»Sie haben sie sich eben erlaubt.«

»Auf jeden Fall hat sie das Geschenk abgewiesen, nicht?«

»Richtig.«

»Undankbare junge Dame. Danach waren Sie vielleicht von dem Wagen nicht mehr so begeistert, wie? Sie hatten das Gefühl, daß Ihnen ziemlich gleichgültig war, was aus ihm wurde?«

»Vielleicht.«

Der Chefinspektor sah ihn eine Weile an.

»Um welche Zeit hat Mr. Hunt den Wagen gestern bei Ihnen abgeholt?« fragte er schließlich.

»Das weiß ich nicht.«

»Das wissen Sie nicht?«

»Wahrscheinlich am frühen Abend. Ich hatte ihm tags zuvor den Zweitschlüssel gegeben. Er brauchte ihn nur vor Lincoln's Inn abzuholen, wo ich ihn mittags abgestellt hatte.«

»Das Merkwürdige dabei ist«, sagte Ward und runzelte wieder die Stirn, »daß Mr. Hunt gestern abend wie üblich in die Nachrichtenredaktion vom ›Chronicle‹ kam. Dann ging er fort. Später rief er an und sagte, er sei krank und käme nicht zurück. Warum das wohl?«

Connors zog eine Schulter hoch.

»Ein kleiner Schwindel, um einen freien Abend herauszuschlagen? Ich habe keine Ahnung, was er sich vorgenommen hatte. Ich habe ihm nur das Auto geliehen.«

»Offenkundig haben Sie ihn gestern abend selbst nicht gebraucht.«

»Ich arbeite im Augenblick nicht und hatte auch nichts vor.«

Ward nickte verständnisvoll.

»Sie sind also den ganzen Abend zu Hause geblieben?«

»Ich ging spazieren und trank unterwegs etwas.«

»Ganz allein?«

»Ja. Gehört das denn zur Sache?«

»Nicht unbedingt«, sagte Ward und lächelte plötzlich liebenswürdig. »Man will nur gern ein Gesamtbild haben. Mir stellt sich immer noch die Frage, wohin die Hunts wollten, warum sie gerade bei dieser Gelegenheit Ihren Wagen brauchten, weshalb Mr. Hunt mit einer fadenscheinigen Ausrede seine Redaktion anrief – so, als sei das ein ganz plötzlicher Entschluß gewesen, also nicht etwas, das geplant gewesen war. Verstehen Sie mein Problem?«

»Offen gesagt, nein. Was spielt das für eine Rolle? Sie sind mit dem Wagen in eine Kiesgrube gestürzt, alles andere ist nebensächlich.«

»Nicht ganz«, sagte Ward mit einer Spur von Tadel. »Wir sehen gern Gründe für alle Vorkommnisse. In diesem Fall gibt es eine Reihe verwirrender Faktoren. Etwa: Warum kam das Fahrzeug gerade dort von der Straße ab? Sie verläuft vollkommen gerade.«

»Vielleicht geriet er ins Schleudern, als er irgendeinem Hindernis ausweichen sollte und verlor auf dem Schnee den Halt.«

»Mhm. Aber er muß mit enormer Wucht an die Leitplanke geprallt sein, um sie zu durchstoßen.«

»Leitplanke?«

»Der Metallzaun, der die Straße von der Kiesgrube abgrenzt.«

»Da gibt es keine Leitplanke.«

»So? Ich dachte doch. Dann erklärt es sich ja. Sie kennen die Straße gut?«

»Ich habe sie befahren.«

»Das dachte ich mir«, sagte Ward beiläufig. Er öffnete eine Schublade, zog etwas heraus und legte es auf den Schreibtisch. »Erkennen Sie das?«

Connors' Hand zuckte unwillkürlich. Er griff zu seiner Innentasche.

»Da werden Sie es nicht finden«, sagte Ward. »Es ist heute früh entdeckt worden, in der Nähe der Stelle, wo der Wagen von der Straße abkam. Ein Scheckbuch auf den Namen P.J. Connors.«

»Jetzt erinnere ich mich wieder. Ich habe es ins Handschuhfach gelegt.«

»Damit Ihre Freunde es zum Fenster hinauswerfen können.«

»Es muß hinausgeflogen sein, als der Wagen ins Schleudern kam.«

»Nichts sonst ist hinausgeschleudert worden«, sagte der Chefinspektor. »Als der Wagen heute früh geborgen wurde, war das Handschuhfach fest verschlossen. Übrigens haben Sie recht, was die Leitplanke angeht. An dieser Stelle gibt es keine – aber etwas weiter vorne. Wenn Sie noch nicht an der Stelle gewesen sind, woher kannten Sie den genauen Unfallort?«

»Ihr Sergeant –«

»Hat Ihnen gar nichts gesagt. Er hatte Anweisung, nichts zu erwähnen.«

Connors sprang auf.

»Was soll das heißen?«

»Ich frage mich, ob Sie nicht bereit wären, eine Aussage zu machen...«

»Eine *Aussage*? Worüber?«

»Darüber, wie Sie Mr. und Mrs. Hunt in den See hineingefahren haben.« Ward beugte sich vor. »Es ist ganz offenkundig, Mr. Connors, daß Sie mir nichts als Lügen erzählt haben. Sie sind gestern nacht dort gewesen. Sie haben das Auto über das Ufer gelenkt, nachdem Sie vorher herausgesprungen sind. Eine feine Methode, beide loszuwerden – aber Ihr Scheckbuch hätten Sie nicht herumliegen lassen sollen, damit wir es finden.«

Connors sagte mit leiser Stimme: »Würde es Ihnen etwas ausmachen, mir zu erklären, weshalb ich sie hätte loswerden wollen?«

»Ich hatte gehofft, Sie würden mich aufklären.« Ward lehnte sich zurück. »Aber wenn Sie mich schon fragen, will ich Ihnen schildern, wie sich mir das in Umrissen darstellt. Wollen Sie sich nicht wieder setzen?«

Connors sank langsam auf den Stuhl zurück.

»Fangen wir an mit dem, was wir wissen«, sagte Ward und kritzelte auf einem Blatt Papier herum. »Wir wissen, daß vor ungefähr zwei Wochen Mrs. Hunts Schwester ermordet wurde – ihre reiche Schwester. Von wem? *Das* wissen wir nicht – noch nicht. Aber wußte es vielleicht Mrs. Hunt? Sie wurde durch den Tod ihrer Schwester begünstigt. Könnte sie mit jemandem eine Abmachung getroffen haben, sie zu beseitigen?« Er machte eine Pause. »Das Naheliegende wäre ein Freund gewesen«, fuhr er fort, »jemand, der sich in sie verliebt hatte. Jemand, der rücksichtslos oder habgierig genug war, eine solche Tat zu begehen und den Anschein zu erwecken, es habe sich um einen gewöhnlichen Raubüberfall gehandelt.« Er schraffierte auf dem Papier eine Fläche. »Aber danach mögen sich Probleme ergeben haben. Probleme, die mit Mrs. Hunts Ehemann zusammenhingen. Vielleicht war er eine Spur zu eifrig, am ererbten Vermögen seiner Frau teilzuhaben. Er könnte erraten haben, was wirklich vorgefallen ist, und gedroht haben, sie und ihren Freund zu verraten, wenn er an der Beute nicht beteiligt werde. Mit anderen Worten, er war sehr im Weg. Konnten Mrs.

Hunt und ihr Liebhaber also eine neuerliche Vereinbarung treffen?« Er hob den Kopf. »Versuchen wir, uns vorzustellen, was für eine Form eine derartige Abmachung hätte annehmen können«, sagte er und zeichnete eine geometrische Figur. »Unfall? Autounfall? Wenn wir davon ausgehen... Dann ergibt, was gestern nacht vorgefallen ist, schon mehr Sinn.«

»Sinn? Wenn sie am Ende selbst dabei umkommt?«

»Nun, in ihren Plänen war das natürlich nicht vorgesehen, aber vielleicht in denen ihres Freundes.«

»Aber was für ein Motiv –«

»Als er ihre Schwester umbrachte, gab er sich in Mrs. Hunts Hände. Da sie das wußte, versuchte sie vielleicht, dic Lage auszunützen.«

»Und wie?«

Ward zuckte die Achseln.

»Sie konnte versuchen, ihn zu erpressen, zusätzlich zu dem Geld, was sie von ihrer Schwester zu erwarten hatte. Das, zusammen mit der Tatsache, daß sie ihn jetzt zu einem zweiten Mord anstiftete, könnte den Ausschlag für ihn gegeben haben.«

»Was für üble Gedanken Sie haben«, sagte Connors.

»Aber sehen Sie konkrete Einwände gegen das, was ich sage?«

»Da finde ich ein Dutzend. Es gibt nichts-«

»Der Plan gestern abend«, sagte Ward, drehte das Blatt um und begann wieder zu zeichnen, »könnte durchaus vorgesehen haben, daß der Freund Mrs. Hunt und ihren Mann zu irgendeinem abgelegenen Kino fahren sollte, wo ein Film gezeigt wurde, den sie angeblich sehen wollte. Der Wagen sollte mit einem ›Motordefekt‹ in der Nähe der Kiesgrube halten, der Freund sollte Mr. Hunt mit einem Schlag bewußtlos machen, und dann sollte der ›Unfall‹ vorgetäuscht werden. Später hätte Mrs. Hunt erscheinen und behaupten sollen, sie habe sich im letzten Augenblick noch aus dem Auto werfen können. Nur hatte der Freund andere Vorstellungen. Er war zu der Ansicht gekommen, daß es keinen Spaß machte, von einer Frau erpreßt zu werden, der er das Ganze verdankte, so daß er die Gelegenheit benützte –«

»Erheben Sie eine konkrete Anschuldigung?«

»Bestreiten Sie die Darstellung?«

»Das brauche ich nicht.« Connors' Mund hatte sich verzogen und verkniffen, so daß seine Vokale undeutlich klangen. »Ich habe mit Mrs. Hunt nie etwas zu tun gehabt.«

»Nachbarn haben Sie gesehen, als Sie das Haus besuchten.«

»Das ist eine verdammte Lüge!« schrie Connors plötzlich. »Ich bin niemals hingegangen. Wir hatten uns geeinigt –«

Die Bleistiftspitze des Chefinspektors kam zum Stillstand.

»Sie hatten sich geeinigt?« sagte er leise.

»Sie kommen sich sehr schlau vor. Ich darf Ihnen mitteilen, daß Sie sich hier eine Suppe eingebrockt haben, die Sie nicht auslöffeln werden. Sie schnappen mit Sicherheit über, wenn Sie versuchen, eine Beziehung zwischen mir und ihr nachzuweisen. Ich hätte sie nie angerührt. Ich war in dieser Beziehung gut versorgt – fragen Sie nur herum. Und was eine Erpressung angeht... Sie waren diejenigen, die Angst hatten. *Sie* versuchten, *mich* zu bremsen. Aber ich war zu schlau für sie. Sie sollten sich alles gründlicher überlegen, Chefinspektor.«

»Dazu bin ich gern bereit«, sagte Ward gelassen. »Weshalb sollten sie vor Ihnen Angst gehabt haben, Mr. Connors?«

»Weil... ich wußte, was sie getan hatten. Ich erriet es. Ich sagte ihnen, daß ich zur Polizei gehen würde, sobald –«

»Das teilten Sie ihnen mit, und dann fuhren Sie in einer Nacht, in der es stark schneite, mit ihnen im Auto fort?«

»Ich wollte nicht. Ich wurde dazu gezwungen. Sie lockten mich unter einem Vorwand hin und zwangen mich, ins Auto zu steigen. Aber ich revanchierte mich. Sie waren diejenigen, die büßen mußten. Mit *mir* sind sie nicht fertig geworden.«

»Niemand wird mit Ihnen fertig, nicht wahr, Mr. Connors?«

»Versucht haben es viele.«

»Auch Ursula Chalmers?«

»Wer?«

Ward schnalzte mit der Zunge.

»So schnell können Sie sie doch nicht vergessen haben. In Ihrem Beruf sind Sie ziemlich oft mit ihr zusammengetroffen, nicht?«

»Ich habe Ursula gekannt. Ich begreife nur nicht, was sie in diesem Gespräch für eine Rolle spielt.«

»Es ist möglich, daß Sie eine der letzten Personen waren, die sie lebend gesehen hat.«

Connors nagte am Nagel seines rechten Zeigefinger.

»Was soll ich darauf sagen?«

»Etwas Brauchbares«, schlug Ward vor. »Sie sind Journalist, Sie lesen doch Zeitungen?«

»Und ich sehe mir die Photos an. Hat eine gewisse Ähnlichkeit mit mir, der Kerl, den Sie da suchen, nicht? Das gilt für eine Million anderer Männer auch.«

»Aber nur ein Mann hat Fingerabdrücke in Miss Chalmers' Wohnung hinterlassen, die mit denen auf dem Scheckheftumschlag übereinstimmen«, meinte Ward halblaut.

Connors warf einen Blick auf das Scheckheft, lehnte sich zurück und blickte zum Fenster hinaus.

»Diese Methode kenne ich«, sagte er. »Bilden Sie sich nicht ein, daß Sie mich überrumpeln können.«

Der Chefinspektor zog die Schublade wieder heraus. Er nahm noch etwas heraus und legte es auf das Blatt Papier.

»Vielleicht kennen Sie das auch?«

Ein Ende des Felgenhebers zeigte Flecken. Ward hielt ihn mit der anderen Hand fest.

»Wollen Sie wissen, wo wir ihn gefunden haben? Hinter dem Reserverad im Kofferraum eines Triumphs, eben des Wagens, den Sie kürzlich an einen Händler in der South Street verkauft haben. Er stieß gestern darauf. Er bemerkte die Spuren, und da er die Zeitungen gelesen hatte, und ein argwöhnischer Mensch ist..., brachte er uns das Ding vernünftigerweise.« Ward griff nach einer Akte. »Ich habe eben den Laborbericht bekommen. Die Spuren stimmen mit Proben von der anderen ermordeten Frau, Miss Jane Trubshaw, überein. War das nicht ein wenig sorglos, Mr. Connors – so ein Gerät da zu verstecken, wo ein gewissenhafter Mechaniker es finden konnte?«

Connors' Blick kehrte vom Fenster zurück. Seine Augen wirkten müde.

»Man kann nicht immer auf alles achten«, sagte er.

ENDE

Goldmann rote KRIMI

Harry Carmichael
Falscher Glanz und echte Steine
160 Seiten. Band 4465.

Der Antiquitätenhändler Raymond Barrett beging Selbstmord. So lautet der Gerichtsbeschluß. Die Juwelen in seinem Koffer sind billige Imitationen.
Der Versicherungsdetektiv John Piper und sein Freund, der Reporter Quinn, sind anderer Meinung . . . Schauplatz: London

Dell Shannon
Inferno Los Angeles
160 Seiten. Band 4466.

Lieutenant Mendoza und sein Team bei der Kriminaldienststelle Wilcox Street in Los Angeles haben alle Hände voll zu tun. Der Tod einer alten, liebeshungrigen Lady, rätselhafte Überfälle auf Luxusrestaurants und eine Kindesentführung halten sie in Atem . . .

Hartley Howard
Dame mit Krawatte
160 Seiten. Band 4467.

Drei hübsche Mädchen um Privatdetektiv Glenn Bowman: Die erste entgeht mit seiner Hilfe einem Mordanschlag . . . Die zweite hilft ihm selbst aus der Klemme. Und die dritte liegt tot in seiner Wohnung. Schauplatz: New York

WILHELM GOLDMANN VERLAG MÜNCHEN

Goldmann rote KRIMI

Ben Benson
Der Speck in der Falle
160 Seiten. Band 4468.

Der bekannte Geschäftsmann Charles Montgomery ist tot. Er hinterläßt einen Abschiedsbrief. Also Selbstmord? Die Polizei von Massachusetts beschäftigt sich näher mit dem Fall, und die ersten Zweifel tauchen auf. Denn gerade der Abschiedsbrief verrät – es war Mord ...

Julian Symons
Die Spieler und der Tod
192 Seiten. Band 4469.

Die Spieler: Ein Mann, der davon träumt, er sei Dracula, der Vampir. Eine Frau, die in ihrer Phantasie die Rolle der Bonnie aus ›Bonnie und Clyde‹ übernommen hat.
Als aus dem Spiel tödlicher Ernst wird, muß sich die Polizei von Rawley, einer kleinen Stadt bei London, einschalten.

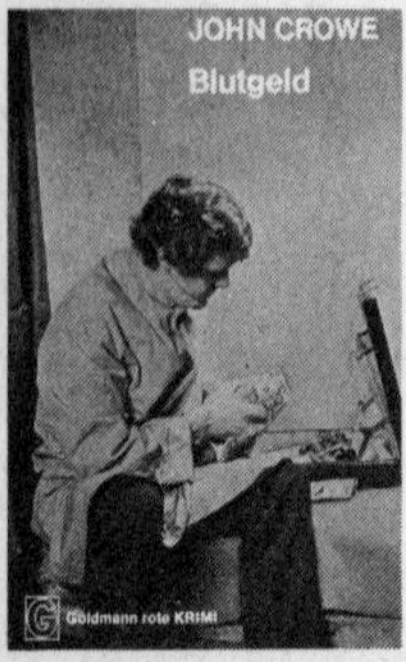

John Crowe
Blutgeld
160 Seiten. Band 4470.

Sam Garret hat sein Ziel erreicht. Den Gipfel der Karriere, Reichtum, Ansehen und Macht. Doch dann nimmt er sich unter falschem Namen ein billiges Motelzimmer. Dort findet man ihn – erschossen mit seiner eigenen Waffe! Der Roman spielt in Kalifornien.

WILHELM GOLDMANN VERLAG MÜNCHEN